Catherine Kalengula

Emily in Paris 2

Autorin

Catherine Kalengula, geboren 1972, lebte einige Jahre in London, bevor es sie in ihr Heimatland Frankreich zurückverschlug. Die Autorin lebt mittlerweile in Saint-Lo, wo sie die meiste Zeit mit ihrer großen Leidenschaft verbringt: dem Verfassen von spannenden Geschichten. Nach zahlreichen Jugendbüchern schreibt sie nun die Romanadaption des Netflix-Sensationserfolgs »Emily in Paris«.

Besuchen Sie uns auch auf www.instagram.com/blanvalet.verlag
und www.facebook.com/blanvalet

Catherine Kalengula

EMILY 2
IN PARIS

Roman

blanvalet

Die Originalausgabe erschien 2022 unter dem Titel
»Emily in Paris 2« bei Hachette Livre, Vanves.

Penguin Random House Verlagsgruppe FSC® N001967

1. Auflage
Novelization written by Catherine Kalengula.
Published under license from Viacom International / Paramount

DK · Herstellung: sam
Satz: Vornehm Mediengestaltung GmbH, München
Druck und Bindung: GGP Media GmbH, Pößneck
Printed in Germany
ISBN 978-3-7341-1231-7
www.blanvalet.de

Gewissensbisse

Endlich! Nach einem ziemlich ruckeligen Start in Frankreich und vielen, vielen Fauxpas bin ich nun auf dem besten Weg, eine echte Pariserin zu werden! Ich sage zum Beispiel kaum noch »What?« und »Oh my God!«, sondern stattdessen »Hein?« und »Oh là là!« Morgens bin ich nie vor zehn Uhr im Büro, wenn nicht gar erst um Viertel nach. Beim Mittagessen lasse ich mir alle Zeit der Welt. Und manchmal trinke ich sogar ein Glas Wein dazu, und das auch noch mitten am Tag.

Unglaublich, oder?

Aber das Beste ist, dass ich inzwischen meinen Platz bei der Werbeagentur Savoir gefunden habe. Meine Kollegen Luc und Julien haben mich akzeptiert. Und sogar Sylvie, meine Chefin, fängt an, mich zu mögen. Ja, wirklich. Der Beweis: Sie schlägt mir nur noch ganz selten die Tür vor der Nase zu. Und manchmal schenkt sie mir ein Lächeln. Nicht ihr abschätziges Lächeln à la »Sie armes amerikanisches

Dummerchen, Sie haben doch von Tuten und Blasen keine Ahnung«. Nein, ein echtes, aufrichtiges Lächeln.

Ja, ich weiß, das klingt total verrückt!

Und wenn ich durch mein Viertel flaniere, fühle ich mich dort richtig zu Hause. Seit meine Freundin Mindy bei mir im *chambre de bonne* wohnt, ist es noch viel besser.

Wo Platz für eine ist, ist auch Platz für zwei! Auch wenn es eigentlich ja für eine Person schon viel zu eng ist.

Ich liebe mein Pariser Leben!

Das heißt … na ja, es gibt einen klitzekleinen Haken. Und der heißt Gabriel.

Ich habe mit ihm geschlafen. Und es war kein unbedeutender One-Night-Stand, den man am nächsten Morgen bereits vergessen hat. Nein. Es war unglaublich, wunderschön, überwältigend. Jede seiner Liebkosungen … Nein, ich darf nicht mehr daran denken.

Warum bekomme ich das nicht aus meinem Kopf?

Beim Joggen denke ich die ganze Zeit an nichts anderes. Ich hätte nicht von diesem »verbotenen Crêpe« kosten dürfen. Gabriel ist mit Camille zusammen, und Camille ist großartig, und ich möchte mich auf keinen Fall in ihre Beziehung drängen. In Filmen hasse ich immer die Leute, die so etwas tun.

Ich hätte nicht zu ihm gehen dürfen. Ich hätte seinem ersten Kuss nicht erliegen dürfen. Denn es ist wie mit dem *pain au chocolat* – wenn man es einmal probiert hat, möchte man immer mehr, mehr und mehr!

Aber es ist ja schließlich nicht meine Schuld. Ich dachte, Gabriel würde aus Paris weggehen und in die Normandie ziehen. Das war das Ende seiner Beziehung mit Camille. Aber jetzt bleibt er doch! Antoine von Maison Lavaux hat Gabriel angeboten, in das Restaurant zu investieren, in dem er als Koch gearbeitet hat. Zu allem Überfluss ist das natürlich direkt bei mir um die Ecke. Das heißt, bei *uns* um die Ecke. Denn wir wohnen ja im selben Haus.

Und natürlich hat Gabriel das Angebot angenommen.

Sosehr ich auch versuche, mein Gewissen zu beruhigen, ich fühle mich einfach schuldig. Wie gern würde ich diese Nacht mit Gabriel vergessen. Aber es war so schrecklich unvergesslich schön!

Vielleicht tue ich einfach so, als ob es Gabriel nie gegeben hätte? Als ob nichts von dem, was uns verbindet, je passiert wäre? Ich schließe die Augen und stelle mir einen Radiergummi vor. Dann fange ich an, im Geiste alles auszuradieren, was irgendwie mit Gabriel zusammenhängt, Stück für Stück.

Beginnen wir mit unserer ersten Begegnung an seiner Wohnungstür … Hach, seine Augen! Es ist so schön, wenn er mich ansieht. Da wird mir jedes Mal ganz anders.

Nein, stopp, ich habe beschlossen, das zu vergessen.

Bye bye, erste Begegnung, *bye bye*, erster Blickkontakt.

Kommen wir zu etwas anderem. Wie wär's mit seinen Omeletts, genau. So köstlich, zum Dahinschmelzen …

… so wie ich unter seinen Berührungen dahingeschmolzen bin.

Nein, ich war ja bei den Omeletts!

Seine Omeletts sind so lecker, so sinnlich, so mhhh …

Wie kann ein Mann so samtig weiche Haut haben? Und seine Lippen … Welch ein Genuss.

Oh, nein, ich schaffe es nie!

Als ich vom Joggen nach Hause komme, probiert Mindy gerade ihr Bühnenoutfit an. Wow! Es ist eine völlig verrückte Kombi aus Anzug auf der einen und Kleid auf der anderen Seite. Und dazu trägt sie ein extravagantes Glitzercape. Sie hat heute Abend nämlich ihren ersten Auftritt im Drag-Club. Ich freue mich so für sie. Sie wird bestimmt fantastisch sein!

»Es wäre toll, wenn du heute Abend noch ein paar Leute mit in den Club bringst«, sagt Mindy. »Ich muss zeigen, dass ich ein Kundenmagnet bin. Vor allem für Leute, die viele Drinks ordern. Ganz, ganz viele Drinks!«

Da bekomme ich eine Nachricht. Oh, nein, es ist Camille. Sie fragt, ob ich Gabriel gesehen habe. Klar habe ich ihn gesehen. Ich sehe nur noch ihn.

Trotzdem antworte ich natürlich mit »Nein«. Sie möchte später mit mir reden, nach unserem Meeting bei Savoir. Was will sie mir denn sagen? Hat Gabriel ihr etwa erzählt, was passiert ist? *Oh là là*, alles, nur das nicht!

Mindy bemerkt meine entsetzte Miene.

»Was ist los? Hast du einen Follower verloren?«

»Nein, aber vielleicht eine Freundin. Camille. Ich habe noch nicht mit ihr gesprochen, seit Gabriel mir gesagt hat, dass er in Paris bleibt. Und jetzt habe ich in der Agentur ein Meeting mit ihr, wegen des Champagners ihrer Familie.«

»Wo ist das Problem?«, fragt Mindy. »Ihr Freund bleibt hier, na und?«

»Na ja, die Sache ist die … Als ich mich von Gabriel verabschieden wollte, ist das etwas eskaliert … zu einer unglaublichen Nacht voller Sex, wie ich ihn noch nie zuvor erlebt habe!«

So, jetzt ist es raus. Mindy springt auf und hebt die Hand zum High five, als gäbe es etwas zu feiern.

»Emily, gut gemacht!«

»Nein«, sage ich fest, und Mindy lässt sich wieder aufs Sofa sinken. »Ich dachte, ich sehe ihn nie wieder. Und jetzt bin ich genau wie Pam Spicer.«

»Wer ist Pam Spicer?«

»Ach, so ein Mädchen aus Chicago, das sich immer betrinkt und dann die Freunde der anderen anbaggert.«

Mindy wirkt nachdenklich.

»Hast du nicht ein romantisches Wochenende in Saint-Tropez geplant, mit Mathieu?«

»Da bin ich mir nicht mehr so sicher, nach dieser Nacht.«

»Wieso? Das ist das perfekte Alibi.«

Vielleicht hat sie recht. Vielleicht ist das *die* Lösung, um Gabriel zu vergessen.

Und um zu verhindern, dass ich eine schreckliche Pam Spicer werde!

Bloß keine Pam Spicer

Ob das mit Mathieu die Lösung ist, werde ich gleich erfahren. Auf dem Weg zum Büro sehe ich nämlich Gabriel. Er entfernt gerade den alten Namen von der Markise des Restaurants. Hach, der Mann sieht so gut aus. Als er mit seinen schönen Händen über meinen Körper gefahren ist … Mhhh …

Nein, nein, nein! Ich muss damit aufhören. Jetzt sofort!

Ich werde an Pam Spicer denken und einen kühlen Kopf bewahren. Ja, genau. Alle haben sie gehasst. Und ich möchte nicht von allen gehasst werden.

Gabriel entdeckt mich und steigt von seiner Leiter.

»Wie willst du das Restaurant jetzt nennen?«, frage ich ganz lässig.

»Ähm, Antoine möchte es ›Chez Lavaux‹ nennen. Ich wäre eher für ›Chez Gabriel‹. Oder hast du eine bessere Idee?«

Nein, aber kann er bitte aufhören, mich mit seinen schönen blauen Augen so verführerisch anzusehen?

Unter diesen Bedingungen schaffe ich das mit dem Vergessen nie. Diesem Blick kann man einfach nicht widerstehen.

»Gabriel, ich treffe gleich Camille bei Savoir. Was hast du ihr gesagt?«

»Nur, dass ich dank Antoines Investition in Paris bleiben kann.«

»Und ich bin nur wegen eines Jobs in Paris. Für ein Jahr. Dann gehe ich zurück nach Chicago. Ich wollte mich nicht in eine Beziehung einmischen. Und du solltest gar nicht mehr in Paris sein. Ich kann das Camille nicht antun.«

»Du hast Camille doch gar nichts angetan. Mir hingegen so einiges«, antwortet er mit seinem hinreißenden, schalkhaften Lächeln.

Oh, nein, wieso muss er mich daran erinnern? Diese Nacht, das war nämlich nicht nur unglaublich guter Sex, wie ich Mindy erzählt habe, es war eine Offenbarung. Es war, als hätten sich unsere Körper schon immer gekannt.

Außerdem bin ich schließlich in Paris. Da darf ich ja wohl romantisch sein!

Gabriel blickt mir immer noch direkt in die Seele. Er scheint nicht bereit zu sein, mich einfach aufzugeben. Aber es muss sein. Ich werde keine Pam Spicer, auf gar keinen Fall!

Da kommt Antoine aus dem Restaurant. Er lädt

mich für den nächsten Abend zu einem Dinner ein. Das ist die perfekte Gelegenheit, von meinem »Alibi« zu erzählen.

»Ich kann leider nicht. Denn ich fahre nach Saint-Tropez, mit Mathieu Cadault.«

»Echt jetzt?«, fragt Gabriel perplex.

»Der ist zu beneiden!«, sagt Antoine.

Ich verabschiede mich lieber schnell. *Au revoir!*

Es war die richtige Entscheidung. Diese eine Nacht darf nicht mehr sein als ein Fehler, der umgehend korrigiert werden muss.

Aber warum ist das bloß so schwer?

Das
Verrätersyndrom

Sylvie und Luc stecken mitten in einer Diskussion, als ich bei Savoir ankomme. Worüber reden die denn da?

»Geht es um Champère?«, frage ich.

Champère ist die Champagnermarke, die ich kreiert habe. Ein Champagner, der nicht getrunken, sondern verspritzt wird. Dekadenz hoch zehn.

»Ja«, antwortet Luc. »Ich hatte ein paar Ideen für die Kampagne.«

»Ich dachte, das sei mein Kunde.«

Sylvie lächelt süffisant.

»Ja, aber da es um ein französisches Produkt geht, ist es besser, wenn das ein Franzose übernimmt.«

Okaaay. Seltsamerweise bin ich gar nicht gekränkt. Das ist der perfekte Vorwand, Camille heute aus dem Weg zu gehen. Ich weiß nämlich gar nicht, was ich ihr sagen soll.

»Das ist eine gute Idee«, sage ich daher. »Ich muss ja auch nicht bei dem Meeting dabei sein. Dann verschwinde ich einfach ein paar Stunden, und ihr sagt Camille, ich sei krank.«

»Warum sollten wir das tun?«, fragt Sylvie.

»Was für eine Krankheit hast du denn?«, will Luc wissen.

Das Verrätersyndrom, gibt es das? Denn darunter leide ich sehr. Ich kann Camille nicht unter die Augen treten. Sie wird bestimmt alles erraten, sobald sie mich nur sieht. Mir steht quasi auf der Stirn geschrieben: »Ich habe mit deinem Freund geschlafen, und es war unglaublich schön.«

Hilfe!

Wie aufs Stichwort kommt Julien herein.

»Camille ist schon da. Und sie fragt nach dir, Emily. Sie wirkt nicht gerade happy.«

Luc mustert mich eingehend.

»Du bist ja wirklich ganz blass, Emily.«

Ganz blass, aber breit lächelnd gehe ich zu Camille. Sie trägt eine große schwarze Sonnenbrille und sieht nicht gut aus.

»Ist alles in Ordnung?«, frage ich.

»Ja, es ist nur wegen Gabriel.«

»Aber es ist doch toll für euch, dass er in Paris bleibt. Yay!«, sage ich übertrieben fröhlich.

Leider teilt Camille meine Begeisterung nicht.

»Er bleibt nicht meinetwegen hier. Da ist noch etwas anderes. Ich spüre das.«

Etwas anderes? Was denn? Nein, Quatsch. Da ist nichts, rein gar nichts!

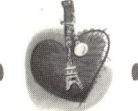

Der längste Lunch meines Lebens

Während der Produktbesprechung für Champère ist Camille mit ihren Gedanken ganz woanders. Ich kann mir denken, wo. Und das bestätigt sich, als Camille mich danach bittet, mit ihr essen zu gehen. Ich lade noch schnell Sylvie dazu ein. Doch es hilft nichts, Camille hat nur ein Thema: Gabriel.

Die Kulisse mag noch so schön sein – wir sitzen im Hof des Louvre –, ich wünsche mir nur, dass dieser Lunch schnell vorbeigeht! Ich habe mich in meinem ganzen Leben noch nie so unwohl gefühlt.

»Also Gabriel hat beschlossen, in Paris zu bleiben. Das Problem ist, dass er seine Meinung so plötzlich geändert hat«, erzählt Camille. »Ich weiß nicht, was ich davon halten soll.«

»Moment, geht es um diesen Koch?«, fragt Sylvie.

»Ja«, antworte ich schnell. »Gabriel ist Camilles Freund.«

Sylvie durchbohrt mich mit ihrem Blick. Sie hat nicht gewusst, dass Gabriel mit Camille zusammen ist. Zum Glück sagt sie nichts dazu. Vorerst. Aber ich sehe ihr an, dass sie mich bei der nächstbesten Gelegenheit mit Fragen löchern wird.

»Nach fünf gemeinsamen Jahren hat er mir mitgeteilt, dass er in die Normandie zurückgeht und dort ein Restaurant eröffnet«, fährt Camille fort.

»In die Normandie?«, fragt Sylvie. »Das ist mein unliebster Ort in ganz Frankreich.«

Wieso das denn? Ich war zwar noch nie in der Normandie, aber wenn da so gutaussehende Typen wie Gabriel rumlaufen, kann es ja so schlimm nicht sein.

Während Camille sich uns anvertraut, möchte ich mich am liebsten unter dem Tisch verkriechen.

Zu spät.

Sie wendet sich mit einem traurigen Lächeln an mich.

»Und jetzt bleibt er plötzlich doch in Paris. Und ich weiß auch, wieso.«

Oh, oh.

»Da steckt ein Mann dahinter«, ergänzt sie.

Was? Dann kann ich also nichts dafür!

Aber wen meint sie?

»Oh«, sagt Sylvie verwundert. »Er ist schwul?«

»Nein, ich rede von dem Mann, der in sein Restaurant investiert hat. Antoine Lambert. Als meine Familie Gabriel Geld geben wollte, damit er seinen Traum verwirklichen kann, hat er abgelehnt. Stattdessen wollte er Paris verlassen, und auch mich. Und jetzt kommt dieser Fremde daher, und er bleibt in Paris.«

Nach einer kurzen Pause fährt Camille fort:

»Da ist die Sache mit dem Geld, aber das ist nicht alles. Er bleibt zwar hier, aber er ruft mich nicht mal an, um es mir zu sagen. Was soll das?«

»Vielleicht hat er einfach viel mit dem Restaurant zu tun«, lenke ich ein.

»Nein. Ich spüre, dass da noch etwas anderes ist. Aber ich weiß noch nicht, was.«

Oh, wenn sie wüsste, dass »das Andere« direkt neben ihr sitzt! Als sie sich entschuldigt, um auf die Toilette zu gehen, muss ich einen Seufzer der Erleichterung unterdrücken. Ich brauche wirklich eine Atempause, um mich zu sammeln.

»Habt ihr vielleicht einen Euro für *la dame pipi* für mich?«, fragt Camille.

La dame wer?

Camille erklärt, dass man so das Toilettenpersonal nennt. Na gut, ob nun »Pipidame« oder »Klofrau«, das ist ja beides nicht besonders schmeichelhaft. Toiletten zu putzen und dafür ein mageres Trinkgeld zu kassieren ist nicht gerade ein Traumjob.

Aber *la dame pipi* ist schon ein kurioser Ausdruck. Paris überrascht mich immer wieder.

Kaum ist Camille weg, beginnt Sylvie ihre Befragung. Ich hatte es ja geahnt.

»Sie und der Koch haben also eine Affäre? Er hatte Ihnen doch die Dessous geschickt.«

Nein, das war Antoine. Sylvies Geliebter und Mann ihrer besten Freundin. Ich hatte behauptet, es sei ein Geschenk von Gabriel, um Sylvies Eifersucht und Zorn von mir abzuwenden. Warum muss immer alles so kompliziert sein?

»Das war ein Missverständnis«, rechtfertige ich mich. »Gabriel bleibt nicht meinetwegen in Paris, okay? Camille ist meine Freundin.«

»Oh, zwischen diesen beiden Aussagen besteht nicht der geringste Zusammenhang. Ach Emily, Sie werden mit jedem Tag französischer!«

»Ich habe keine Affäre mit Gabriel. Und übrigens fahre ich dieses Wochenende nach Saint-Tropez, und zwar mit Mathieu.«

»Oh, verstehe. Wochenendsex mit einem Kunden, um sich vom Freund Ihrer Freundin abzulenken.«

Sylvie scheint das äußerst amüsant zu finden. Aber das war überhaupt nicht mein Plan.

Na gut, vielleicht doch.

Genau das ist mein Plan.

Voulez-vous coucher
avec moi?

Nach dem Lunch mit Camille, die ununterbrochen von Gabriel geredet hat, und Sylvie, die mich – zu Recht – der schlimmsten Verbrechen verdächtigt, bin ich sehr froh, wieder ins Büro zu kommen. Bei der Arbeit bleibe ich wenigstens von emotionalem Wirrwarr verschont. Der Nachmittag beginnt mit einer Präsentation von Julien für einen potenziellen großen Kunden, den Kofferhersteller Rimowa.

»Für Ihre legendäre Kultmarke wollten wir eine spielerische Kampagne entwerfen, die das frische und zugleich klassische Design unterstreicht«, erklärt Julien. »Unser Slogan: ›Behalten Sie Ihr Gepäck für sich.‹ Damit betonen wir, dass ein Koffer etwas Persönliches und Intimes ist.«

Die beiden Vertreter der Marke – ein geschniegelter Anzugträger und eine streng dreinblickende Frau – tauschen wenig begeisterte Blicke.

»Und natürlich ist Rimowa stabil genug, um all unsere kleinen Geheimnisse zu transportieren«, fügt Julien hinzu. »All die Dinge, die die Leute so im Gepäck mit sich rumtragen. Sie wissen schon. Das ist eine Metapher für das Päckchen, das jeder von uns zu tragen hat.«

Oh là là! Er reitet sich immer tiefer rein. Und die Kunden fühlen sich unwohl. Die Frau sieht fast aus, als wäre ihr übel …

»Wir hatten auf eine Kampagne mit mehr Krawall gehofft. So wie Ihre Aktion mit Pierre Cadault.«

Julien stottert verlegen, er bekommt nur noch »Ich … äh …« heraus. Aber ich höre genau, dass er innerlich ruft: »Emily, hilf!« Ich muss etwas tun.

»Vielleicht bekommen wir eine Kollaboration mit Pierre hin«, schlage ich vor. »So ein *Ringarde*-Gepäckstück. Etwas total Geschmackloses.«

»Das fänden wir amüsant«, sagt die Kundin.

Yesss! Nach dem Meeting rufe ich sofort Mathieu an, um ihm von meiner Idee zu erzählen: ein Riesenkoffer mit dem Gesicht seines Onkels darauf. Mehr »ringarde« geht nicht. Mathieu ist begeistert. Dann erzählt er mir, dass er für unsere Reise nach Saint-Tropez morgen einen Nachtzug gebucht hat, mit *couchette*. Was ist das bitte?

»Oh, ›couchette‹ kommt von ›coucher‹?«, frage ich skeptisch.

»Genau. Ein bisschen Französisch kannst du ja.«

»Den Satz kennt ja wohl jeder: ›Voulez-vous coucher avec moi?‹«

»Also, wenn du darauf bestehst …«, antwortet Mathieu.

Oh, nein, wie peinlich. Habe ich ihn gerade wirklich gefragt, ob er mit mir schlafen will? Und wenn man zu zweit in einer *couchette* übernachtet, heißt das, dass man diese Intention hat? Oder kann man in einem Schlafwagen auch einfach nur schlafen? Falsche Freunde gibt es im Französischen ja genug.

Und möchte ich denn mit Mathieu Cadault schlafen, ob nun in einer *couchette* oder anderswo?

Tja, das ist die eigentliche Frage.

Dame Pipi rockt die Bühne

Ich vergesse erst mal all meine Probleme und denke stattdessen an Mindy. Sie hat heute ihren ersten Auftritt im Club!

Während ich mich schick mache, kommt Camille vorbei. Ich habe sie eingeladen, um sie abzulenken – na ja, und weil ich mich schuldig fühle. Aber das muss sie ja nicht wissen.

»Oh, deine Wohnung ist ja süß«, sagt sie, als sie hereinkommt. »Warum war ich noch nie hier?«

»Danke, für zwei ist es etwas eng.«

Sie betrachtet seufzend meine Küchenzeile.

»Ach, ich kann nicht mal eine Pfanne ansehen, ohne an Gabriel denken zu müssen. Er hat genau so eine«, sagt sie und meint, nun ja, eben Gabriels Pfanne.

»Französische Pfannen sehen alle gleich aus«, sage ich schnell.

Auch wenn in dieser hier das beste Omelett der Welt zubereitet und sie von den sanftesten, behutsamsten Händen der Welt gehalten wurde …

»Sie hatte auch solche Initialen am Griff«, fährt Camille fort und will die Pfanne in die Hand nehmen.

Zu Hilfe! Ich schiebe Camille aus der Wohnung, bevor sie sich das verräterische Küchenutensil genauer ansehen kann.

Auf zum Drag-Club, bloß weg von der verfluchten Pfanne! Wir treffen Luc, den ich ebenfalls zur Verstärkung eingeladen habe. Offenbar »liebt« er Dragqueens. Okay, ich muss ihn noch kurz über Mindy aufklären. Sie gibt sich als Mann aus, der sich als Frau verkleidet, damit sie hier singen kann. Logisch, oder? Ich freue mich so auf ihren Auftritt! Sie wird großartig sein. Dabei hatte sie solche Hemmungen, als wir uns vor ein paar Monaten im Park kennengelernt haben. Ich bin froh, dass ich ihr einen kleinen Tritt in den Allerwertesten gegeben habe, sodass sie jetzt ihren Traum verwirklichen kann.

Vielleicht ist das meine »amerikanische« Seite. In den USA tun die Leute alles, um ihre Träume wahrzumachen, und seien sie noch so abgefahren.

Aber vielleicht liegt es auch einfach nur daran, dass wir so gute Freundinnen geworden sind.

Seit unserer Ankunft im Club haben wir schon einige unglaubliche Performances gesehen. Und da Mindys Auftritt auf sich warten lässt, gehe ich noch mal schnell »wohin«. Und dann, Überraschung! Meine Freundin sitzt vor der Toilettentür, in ihrem tollen Männlein-Weiblein-Kostüm. Das ist aber ein seltsamer Ort zum Singen! Sie sitzt an einem Tischchen, und darauf steht ein Teller voller Kleingeld. Jetzt wird mir alles klar. Deshalb hat sie mir in letzter Minute geschrieben, dass ich doch nicht kommen soll.

»Du als *dame pipi*?«, frage ich entgeistert.

»Ja, ohne Arbeitserlaubnis kann ich leider nur das hier machen.«

»Lohnt sich das für dich?«

»Na ja, ich darf einen Song singen.«

Das ist ja die Hauptsache, oder? In diesem Moment kommt ein Mann aus der Toilette, und plötzlich umweht uns ein übler Gestank.

»Ja, ich bin nicht nur ›Dame Pipi‹, sondern auch ›Dame Kacka‹. Gehört zum Job dazu«, sagt Mindy und verzieht das Gesicht.

Arme Mindy! Aber immerhin darf sie ein Lied singen … Und zwar jetzt sofort! *Oh my God, oh là là*, sie wird auf der Bühne angekündigt!

»Bitte einen donnernden Applaus für unsere *Dame Pipi!*«

Mindy tritt ins Rampenlicht. Und kaum kommt der erste Ton über ihre Lippen, da habe ich schon eine Gänsehaut. Im Saal wird es still. Sie beginnt den Song *Dynamite* von der südkoreanischen Boyband BTS, aber langsam und a cappella. Es ist unglaublich! Alle hören ihr wie gebannt zu.

Nein, es ist sogar besser als unglaublich. Es ist magisch!

Dann setzen die Instrumente ein, Mindy beschleunigt den Rhythmus, und es reißt das Publikum fast von den Stühlen.

Nicht schlecht für eine »Dame Pipi-Kacka«.

Ein klares
Ja

Es ist vielleicht albern, aber ich könnte nicht glücklicher sein, wenn ich selbst heute auf der Bühne geglänzt hätte. Mindy ist so talentiert. Sie ist die geborene Sängerin! Ich habe immer noch Gänsehaut, und das liegt nicht an der nächtlichen Kühle in den Pariser Straßen.

Mindy und ich gehen Hand in Hand nach Hause, Camille hat sich bei mir untergehakt. Ich fühle mich, als würde ich schweben. Wenn nur Mindy noch den Dame-Pipi-Job los wäre!

»Musst du jetzt wirklich jeden Abend vor den Toiletten sitzen?«, frage ich.

»Solange ich singen darf, ist mir das egal.«

Mindy ist die mutigste Frau, die ich kenne. Sie ist eine Kämpferin. Wenn sie erst einmal angefangen hat, kann kein Hindernis sie aufhalten, nicht mal üble Gerüche. Ich bewundere sie!

»Einer hat mir Ecstasy als Trinkgeld gegeben. Oder es war ein Tic Tac, ich weiß es nicht«, scherzt sie.

Wir müssen alle lachen. So schlendern wir durch die Stadt der Lichter, und Mindys Augen strahlen mit ihr um die Wette.

»So einen Abend habe ich gebraucht. Vielen Dank, Mädels«, sagt Camille.

Mich überrollt wieder eine Welle von Schuldgefühlen. Schließlich bin ich doch der Auslöser für ihre Probleme mit Gabriel, oder? Wenn ich nicht wäre, hätte sich das zwischen den beiden bestimmt längst wieder geklärt.

Als wir in unserer Straße ankommen, sehe ich, dass im Restaurant noch Licht brennt.

»Er ist noch da«, sage ich zu Camille. »Willst du nicht mit ihm reden?«

»Wenn er mich wiederhaben will, muss er was dafür tun«, antwortet sie.

Dann verabschiedet sie sich mit französischen Küsschen von uns und geht davon, ohne sich noch einmal zum Restaurant umzudrehen. Mindy sieht mich mitfühlend an. Sie weiß, dass es mir nicht leichtfällt, Gabriel aufzugeben.

»Und du weißt, was du tust?«, fragt sie.

Bei den meisten Fragen zögere ich mit der Antwort. Doch diesmal nicht. Ich weiß, dass ich das Richtige tue. Gabriel muss wieder mit Camille zusammenkommen, und ich, ich muss mich raushalten. Die beiden sind wie füreinander geschaffen, wie … wie Erbsen und Möhren. Und ich bin ein Gemüse zu viel!

Daher antworte ich mit einem klaren »Ja«.

Ein sehr spezieller Koffer

Am nächsten Morgen im Büro höre ich plötzlich Julien nach mir rufen.

»Emily!«

Er klingt panisch. Oder vielleicht sauer? Schnell laufe ich zu ihm in die Eingangshalle. Und da steht ein riesiger Rimowa-Koffer mit einem Foto von Pierres Gesicht darauf. Und was für ein Foto!

Es ist, wie soll ich sagen, *très spécial*. Mir ist aufgefallen, dass die Franzosen dieses Wort gerne für Dinge verwenden, die sie etwas seltsam finden – oder auch ganz furchtbar. Sie sind da wirklich sehr diplomatisch.

Nun, eines ist sicher: Wir wollten etwas Geschmackloses, und das haben wir bekommen.

»*Oh. My. God.*«

»Nachdem ich dich immer so unterstützt habe, klaust du mir meinen ersten wichtigen Kunden«, wirft Julien mir vor.

Okay, jetzt ist es klar: Er ist sauer. Oder, sagen wir besser, stinksauer. Aber warum? Er sollte sich darüber freuen, dass die Rimowa-Leute so begeistert sind. Hat er etwa vergessen, dass es am Anfang absolut nicht danach aussah?

»Rimowa ist doch immer noch dein Kunde.«

»Und wieso schicken sie diesen Koffer dann an dich?«, fragt Julien entrüstet.

Da kommt Sylvie herein, und als sie den Koffer sieht, sagt sie nonchalant:

»*Oh là là*. Jetzt brauchen Sie aber wirklich Mathieus Zustimmung. Aber die haben Sie ja bereits, nicht wahr?«

Weil ich mit ihm in einer *couchette couchieren* werde, oder was? Haha, sehr witzig.

Sylvie amüsiert sich köstlich, doch Julien taxiert mich mit wilden Blicken.

»Das war's. Von nun an sind wir keine Freunde mehr, wir sind Konkurrenten!«

Na, toll, ich wollte ihm doch nur helfen. Super gemacht, Emily!

Auf nach Saint-Tropez!

Das Gute an einem so »speziellen« Koffer ist, dass man sehr leicht zu entdecken ist, selbst auf einem überfüllten Bahnsteig. Ein weiterer Vorteil: Er ist so riesig, dass ich für das Wochenende problemlos die Hälfte all meiner Klamotten hineinpacken konnte. Das ist superpraktisch! Und superschwer.

Mathieu kommt am Bahnhof mit einem strahlenden Lächeln auf mich zu.

»Ich glaube, du wirst nie wieder Probleme haben, am Flughafen deinen Koffer zu finden«, sagt er zur Begrüßung. »Das wird Pierre gefallen. Es ist wunderbar geschmacklos!«

Hach, Mathieu ist so witzig, attraktiv und nett! Und ein nicht unwesentlicher Faktor: Er ist Single. Also, warum zögere ich dann? Warum spüre ich dieses leichte Unbehagen? Ich müsste mich doch wie verrückt darauf freuen, mit ihm das Wochenende zu verbringen. Noch dazu in Saint-Tropez! Man hört ja so einiges von der heißen Stadt an der Côte d'Azur.

»Hier rein«, sagt Mathieu beim nächsten Wagen.

Er hilft mir, den Riesenkoffer in den Zug zu hieven, und führt mich dann zu unserer berüchtigten *couchette*.

»Ich glaube, hier drin ist kein Platz für uns drei«, sagt Mathieu, als wir im Abteil angekommen sind. »Ich bringe das gute Stück zum Kofferträger.«

»Danke«, sage ich verlegen.

»Oben oder unten?«, fragt Mathieu noch.

What? Ich meine: *Hein?* Wir sind zwar in einer *couchette*, aber das geht mir jetzt doch etwas zu schnell. Über Sexstellungen spreche ich so früh in einer Beziehung eher nicht. Ich muss wohl sehr entsetzt aussehen, denn Mathieu zeigt grinsend auf die Etagenbetten. Puh, da bin ich aber erleichtert. *Das* meinte er!

Ich bin trotzdem froh, dass er jetzt den Koffer wegbringt und ich erst mal allein bin. Ich brauche etwas Zeit, um mich zu beruhigen. Es kann ja nicht so weitergehen, dass ich ständig wegen nichts in Panik gerate. Also räume ich jetzt ein für alle Mal mit dem Dilemma auf. Ich rufe Gabriel an.

»Emily, wo bist du gerade?«, fragt er.

»Im Zug nach Saint-Tropez, mit Mathieu«, antworte ich ruhig und gelassen.

Ha! Nimm das! So wird er verstehen, dass er mich vergessen und wieder mit Camille zusammenkommen muss. Erbsen und Möhren gehören zusammen, und dann kommt die Welt wieder ins Gleichgewicht.

»Ich kann nicht glauben, dass die Frau, für die ich in Paris geblieben bin, mich nicht haben will.«

Ha! Nimm das! Nur diesmal trifft es mich. Er hatte mir bisher noch nicht so klar gesagt, dass er meinetwegen geblieben ist. Mir wird heiß und kalt. Aber nein, stopp. Ich muss das unterdrücken. Sonst sind meine guten Vorsätze für die Katz. Dann springe ich aus dem Zug, sprinte zum Restaurant, gebe mich seinen Küssen hin und …

»Bitte, sag das nicht«, flehe ich.

»Willst du sagen, dass diese Nacht nicht unglaublich war?«

Nein, das könnte ich niemals sagen, selbst wenn ich dadurch alles in Ordnung bringen würde. Ich kann ihn nicht anlügen. Er würde mir sowieso nicht glauben.

Ich seufze.

»Ich dachte, dass du weggehst, Gabriel.«

»Dann sag mir, dass du nicht dasselbe gefühlt hast wie ich.«

Nein, auch das könnte ich niemals sagen.

»Ich kann das Camille nicht antun«, sage ich stattdessen.

»Ich möchte ihr auch nicht wehtun. Aber ich muss immerzu an dich denken. An uns.«

Seine Stimme ... Er meint es wirklich ernst, und er leidet.

»Ich denke auch ständig an dich. Aber ich muss damit aufhören, okay? Auch wenn das nicht einfach ist, denn ich glaube, ich habe so etwas noch nie gefühlt, bei niemandem.«

Ja, es war die wunderbarste Nacht meines Lebens. Und mit ihm würde ich nur zu gern eine weitere in dieser *couchette* verbringen. Oben oder unten ... Ist er jetzt zufrieden?

»Dann fahr nicht nach Saint-Tropez«, bittet er.

»Gabriel, ich werde diese Nacht nie vergessen. Aber es war ein Fehler, und ich ...«

Plötzlich höre ich hinter mir ein Räuspern. Oh, nein! Mathieu ist schon zurück, er hat alles mitangehört.

»Ich muss Schluss machen«, sage ich zu Gabriel und lege auf.

»War das ... der Koch?«, fragt Mathieu ungläubig. »Du hast mit ihm geschlafen, nachdem du zugesagt hast, mit mir nach Saint-Tropez zu kommen?«

»Mathieu, es ist kompliziert.«

Er sieht ernüchtert aus.

»Dann werde ich es dir einfacher machen: Liebst du ihn?«

Ich zögere ... einen Moment zu lang.

»Tut mir leid. Ich kann das nicht«, sagt er und dreht sich um.

»Warte! Wo gehst du hin?«

»Ich fahre nicht mit einer Frau nach Saint-Tropez, die in einen anderen verliebt ist. Das Hotelzimmer gehört euch. Viel Spaß mit deinem Freund.«

Und mit diesen Worten steigt er aus dem Zug, der bereits angeruckt ist. Ich will ihm folgen, doch ein Schaffner hält mich auf. Es ist zu spät. Durch das Fenster des fahrenden Zuges rufe ich Mathieu auf dem Bahnsteig zu:

»Er ist nicht mein Freund! Er ist nicht mein Freund!«

Nein, Gabriel ist nicht mein Freund.

Aber ich bin in ihn verliebt.

Und genau das ist das Problem.

Ich wollte das Wochenende mit einem anderen verbringen, um ihn zu vergessen. Ergebnis: Ich denke nur an Gabriel, und Mathieu ist weg. Und jetzt sitze ich allein in einem Zug, der mich an einen Ort bringt, wo ich niemanden kenne.

Warum muss bei mir bloß immer alles so kolossal schieflaufen? Warum?

Emily in Saint-Tropez

Am nächsten Morgen komme ich also allein in Saint-Tropez an. Kaum bin ich aus dem Zug gestiegen, warte ich allein auf den nächsten zurück nach Paris. Ich muss nur erst meinen hässlichen Koffer wiederkriegen.

Während ich noch nach dem Kofferträger Ausschau halte, ruft Camille an.

»Hi, Emily! Was ist denn mit Mathieu Cadault passiert?«

»Was meinst du?«, frage ich erstaunt.

»Na ja, ich habe seine Story auf Instagram gesehen. Er ist im Club *Le Montana*, mit einem Haufen Models. Ich dachte, ihr fahrt zusammen nach Saint-Tropez?«

Hm, wie soll ich ihr das erklären? Ich kann ihr wohl kaum sagen, dass Mathieu in Paris geblieben ist, weil er von Gabriel und mir erfahren hat.

»Ach ja, er hat es sich in letzter Minute anders überlegt«, sage ich vage.

»Er hat dich versetzt?«, fragt Camille empört. »Ich glaub's nicht! Wo bist du jetzt?«

»Es ist okay. Er hat mir das Hotelzimmer überlassen.«

»Das heißt, du bist allein in Saint-Tropez?«

»Ja, aber ich nehme den nächsten Zug zurück nach Paris. Sobald ich meinen Koffer wiederhabe.«

Angesichts seiner Größe und des nicht ganz diskreten Designs sollte es ja nicht allzu schwierig sein, ihn zu finden. Ah, da ist er ja. Er steht neben einem Mann in Chauffeurlivree, der ein Schild mit der Aufschrift »M. Cadault« hochhält.

»Fahr ins Hotel!«, sagt Camille plötzlich.

»Was?«

»Ja, ich komme nach Saint-Tropez!«

Ich weiß nicht, was ich sagen soll. Camille meint, ein bezahltes Zimmer in einem Luxushotel in Saint-Tropez sei genau das Richtige für zwei hübsche Singlefrauen wie uns.

Hm …

In einem seltsamen Ton, der mir ganz und gar nicht behagt, fügt sie hinzu:

»Es wird ein heißes Wochenende!«

Ich will aber doch, dass sie wieder mit Gabriel zusammenkommt. Und ganz bestimmt will ich kein ganzes Wochenende mit ihr verbringen. *Oh là là*, was, wenn ich mich verplappere? Oder wenn sie rausbekommt, dass ich mit ihrem Freund von einem verbotenen Crêpe genascht habe? Manchmal habe ich das Gefühl, dass man mir das an der Nasenspitze ansieht.

Camille darf auf keinen Fall kommen! Allerdings komme ich gar nicht dazu zu protestieren, sie hat schon aufgelegt.

Auf der Fahrt zum Hotel tut sich eine großartige Aussicht vor mir auf, beeindruckende Berglandschaften, sonnige Strände. Aber ich kann mich einfach nicht entspannen. Ein ganzes Wochenende mit Camille! Stunden über Stunden, in denen mir etwas herausrutschen oder sie mich enttarnen könnte. Hilfe!

Entweder stecke ich den Kopf in den Sand, in der Hoffnung, dass Camille wieder verschwindet, oder ich hole mir Unterstützung.

Ich entscheide mich für die zweite Option und rufe Mindy an.

»Guten Morgen! Du wolltest doch schon immer mal nach Saint-Tropez, oder?«

»Aber nicht für einen Dreier mit Freunden, tut mir leid«, murrt Mindy verschlafen.

»Mathieu ist nicht mitgekommen, aber Camille ist auf dem Weg hierher. Die Details sind unwichtig. Aber es ist extrem wichtig, dass ich nicht allein mit Camille in Saint-Tropez bin. Sonst rutscht mir beim Frühstück aus Versehen noch raus: ›Ich hab mit deinem Freund geschlafen, noch ein Brötchen?‹«

Und es ist nicht nur das. Camille will ein »heißes Wochenende« erleben. Ich kann mir gut vorstellen, was sie damit meint. Hier wimmelt es bestimmt nur so von braun gebrannten, attraktiven Kerlen. So wie in dem Lied *Douliou Douliou Saint-Tropez*. Da heißt es, dass in Saint-Tropez alle Männer schön sind. Aber Camille darf nicht mit so einem Gigolo ins Bett steigen. Dann wird das mit ihrer Versöhnung mit Gabriel nie was.

Ich muss unbedingt verhindern, dass Camille ihren heißen Saint-Tropez-Traum in die Tat umsetzt.

Ich bin der Grund für ihre Trennung, also muss ich auch dafür sorgen, dass sie und Gabriel sich wieder vertragen.

»Ich habe doch schon gesagt, dass ich nicht auf Dreier mit Freunden stehe, auch nicht mit Freund*innen*«, sagt Mindy immer noch mürrisch.

»Ich will einfach nur, dass Camille und Gabriel wieder zusammenkommen. Aber du musst mir helfen. Bitte, komm her!«

»Okay, ich rufe Camille an und versuche, den gleichen Flug zu kriegen wie sie.«

Yesss!

Zur Feier dieser guten Nachricht mache ich ein kurzes Video von der paradiesischen Landschaft und poste es auf Instagram.

An diesem Wochenende bin ich nicht Emily in Paris, sondern Emily in Saint-Tropez!

Simsalabim!

Mathieu hat sich wirklich nicht lumpen lassen. Das Hotel ist der reinste Wahnsinn! Der perfekte Ort für einen romantischen Urlaub. Aber ich schüttele den leisen Anflug von Bedauern schnell ab. Wahrscheinlich ist es besser, dass Mathieu nicht mitgekommen ist. Ich wollte aus den falschen Gründen das Wochenende mit ihm verbringen. Das wäre kein gutes Fundament für eine Beziehung gewesen.

Ja, es gibt eindeutig nichts zu bereuen.

Also hole ich lächelnd den Zimmerschlüssel an der Rezeption, und als ich dann meinen Koffer durch das luxuriöse Foyer rolle, ruft plötzlich jemand:

»Pierre Cadault! Was ist die Geschichte dahinter? Die muss ich unbedingt hören!«

Übergroßer Schlapphut, exzentrisches Outfit – ich kenne den Mann: Das ist der berühmte Designer Grégory Elliot Duprée!

»*Oh my God*, Monsieur Duprée! Emily Cooper, ich bin ein großer Fan.«

»Wie so viele«, antwortet er schnippisch.

»Ich arbeite bei Savoir, Pierres Marketingfirma. Das ist eine Kollaboration mit Rimowa«, sage ich mit Blick auf den Koffer.

»Das ist göttlich! Ich muss ein Foto damit haben. Ich muss, muss, muss! Pierre wird es lieben.«

»Sie kennen Pierre?«

»Kennen ist gar kein Ausdruck. Süße, wir haben zehn Jahre lang in seinem Atelier zusammengearbeitet. Na los, das wird spektakulär!«

Wow! Ich kann mein Glück kaum fassen. Grégory Duprée möchte ein Foto mit dem Koffer posten, sodass es die ganze Welt zu sehen bekommt.

Da werden Sylvie und Julien aber Augen machen.

Ich fotografiere den Designer mit dem Koffer, oder besser gesagt auf dem Koffer. Er legt sich mächtig ins Zeug.

Das gibt mega PR!

Normalerweise muss ich mich total abstrampeln, bis so eine Markenzusammenarbeit zustande kommt. Diskutieren, verhandeln, überzeugen.

Und jetzt – simsalabim! – läuft es ganz von selbst!

Vielleicht liegt in Saint-Tropez ja etwas Magisches in der Luft.

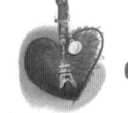

Gesetzesbrecherin?

Mein Zimmer ist wunderschön, die Terrasse ist wunderschön, und der Blick auf das blaue Meer ist … einfach WOW! Es ist überwältigend. Plötzlich steigt eine unbändige Freude in mir auf. Ich fühle mich richtig übermütig.

Schnell ziehe ich mich um und gehe auf Erkundungstour. Dabei mache ich das eine oder andere Foto. Ich am Hafen. Ich vor dem Leuchtturm am Kai. Ich beim Austernessen. Mein Insta-Account @EmilyInParis will schließlich gefüttert werden. Und meine Posts sind ein sofortiger Erfolg.

Ganz wie Grégory Duprées Foto mit dem Koffer und mein Repost davon.

Gerade schlendere ich durch eine malerische Gasse, da ruft Mathieu an.

»Emily, du musst das Foto mit dem Koffer von allen Accounts löschen. Sofort!«, sagt er leise und eindringlich.

Wie jetzt? Warum denn? Und wieso flüstert er? Hat er sich bei seiner Orgie mit den Models erkältet?

»Aber die Zahlen sind super«, protestiere ich.

»Ja, aber auf Grégorys Instagram. Hast du eine Ahnung, was du angerichtet hast? Das Foto muss verschwinden, bevor Pierre einen Herzinfarkt bekommt.«

Im Hintergrund höre ich Pierre fluchen und schimpfen. Oh, oh.

Kaum habe ich aufgelegt, ruft Julien an. Was ist denn bloß los?

»Warum sitzt Grégory Duprée auf Pierres Gesicht und warum repostest du das?«, fragt er ungehalten.

»Warum flippen alle so aus? Er ist ein Promi, dem ein Koffer gefällt. Sogar *Paris Match* hat die Story geteilt. Das ist gut!«

»Nein, es ist ein Albtraum! Grégory ist Pierres Erzfeind.«

What? Ich traue meinen Ohren nicht. Bei Grégory klang das ganz anders. *Oh là là,* das darf nicht wahr sein! Ich bin voll auf ihn reingefallen.

»*Oh my God!* Ich kontaktiere sofort Grégory. Mathieu hat mich auch schon angerufen«, sage ich schnell.

»Nein, auf keinen Fall. In Frankreich ist es verboten, am Wochenende zu arbeiten.«

Verboten? Im Ernst? Julien übertreibt bestimmt.

Aber ob jetzt oder später, Grégory Duprée kommt mir nicht davon. Wenn er mir irgendwo in einer Gasse von Saint-Tropez begegnet, kann er sich auf was gefasst machen!

Es sei denn, Sylvie knipst mir vorher die Lichter aus. Sie ist bestimmt auf hundertachtzig.

Ich muss das irgendwie wiedergutmachen.

Und als ich sehe, wie einem Restaurant ein paar Kisten Champagner geliefert werden, kommt mir auch schon eine Idee. Flugs rufe ich Luc an.

»Oh, Emily, *bonjour, ça va*?«, begrüßt er mich fröhlich.

»Ja, ich bin in Saint-Tropez, und ich wollte mal bei dem Club vorbeigehen, dem wir ein paar Flaschen für die Champère-Kampagne geschickt haben. Sylvie hat da doch Connections. Wie heißt der Laden noch?«

»Weißt du, wir dürfen am Wochenende keine Arbeitstelefonate führen«, sagt er plötzlich ganz ernst.

»Das ist absurd.«

»Das ist das Gesetz.«

Ich bearbeite Luc noch ein bisschen, und schließlich rückt er den Namen des Clubs raus. Mal sehen, ob sie bei *Laurent G.* das Champère-Konzept auch richtig verstanden haben.

Ich liebe meine Arbeit, das ist doch kein Verbrechen! Dafür wird man mich wohl kaum ins Gefängnis stecken, oder?

Falls doch, bekomme ich hoffentlich eine schöne Zelle mit Meerblick.

Mission Camille

Bei meinem Besuch bei *Laurent G.* habe ich alles gegeben und mich nicht nur ein bisschen nass gemacht. Diese Präsentation des Spritzchampagners Champère wird das Personal sicher nicht so schnell vergessen.

Jetzt sitze ich mit meinem Laptop im Hotel am Pool. Plötzlich kommen Camille und Mindy angesprungen.

»Emily!«, rufen sie unisono.

»Hey! Wie war die Reise?«, frage ich nach kurzem Schrecken.

»Voll lustig. Halt das mal. Ich muss Pipi«, sagt Camille und drückt mir eine Flasche Wein in die Hand.

Und schon ist sie wieder weg. Mindy wirkt nachdenklich. Seltsam, ich hätte gedacht, dass sie sich über unser Mädelswochenende in Saint-Tropez freut.

»Geht es dir gut?«, frage ich besorgt.

»Ja«, antwortet sie mit einem etwas gezwungenen Lächeln. »Ich bin nur ziemlich erledigt. Camille ist total aufgedreht, seit wir unterwegs sind. Sie postet alle zwei Minuten Storys auf Instagram und checkt ständig, ob Gabriel sie gesehen hat.«

»Sie denkt an ihn. Das ist doch gut«, entgegne ich.

»Ja, aber warum erzählt sie mir dann dreißig Mal von einem sexy Kunsthändler und von dem heißen Italiener, der immer mit ihr flirtet? Sie will Sex, und zwar noch heute.«

Mist! Das hatte ich befürchtet. Aber das kommt nicht in die Tüte. Bei unserem Mädelswochenende haben Männer nichts verloren. Erst recht keine sexy Kunsthändler oder heißen Italiener.

Und wenn Camille dann nach Paris zurückkommt, werden sie und Gabriel wieder vereint sein.

Ein perfekter Plan!

Mein Ziel für dieses Wochenende ist klar: Ich muss Camille davon abhalten, Dummheiten zu machen, bis sie sich wieder mit ihrem Freund versöhnt. Da kommt sie auch schon.

»Na, was machen wir jetzt?«, fragt sie.

Ihr übertrieben fröhliches Grinsen behagt mir gar nicht. Es schreit geradezu: »Ich bin zu allen Schandtaten bereit!« Aber zum Glück bin ich auf diese Frage vorbereitet. Ich habe ein streng getaktetes Programm aufgestellt. Camille wird gar keine Zeit haben, irgendwelche Typen aufzureißen.

»Ich war heute schon in dem Beachclub, der den Champagner deiner Familie anbietet. Es ist supercool da. Da können wir essen und danach ein bisschen Promotion machen.«

So verbindet man das Angenehme mit dem Nützlichen. Genial, oder?

Camille wirkt allerdings nicht sonderlich begeistert.

»Ah, schön. Aber wir sind doch nicht zum Arbeiten hier, oder? Ich kenne einen Kunstsammler, der hier in den Bergen eine Wahnsinnsvilla hat. Und da gibt er legendäre Partys!«

Nein, nein, nein. Das ist nicht der Plan!

»Aber ich habe im Club schon reserviert«, wende ich ein. Doch die beiden hören mir gar nicht zu.

»Du meinst das Raggazzi-Haus?«, fragt Mindy plötzlich ganz aufgeregt. »Es gibt einen Fotoband über diese Partys!«

Ich versuche, ihr mit Blicken verständlich zu machen, dass sie ganz, ganz schnell das Thema wechseln soll.

»Aber eine Markenpromotion ist auch gut. Das wäre toll«, fügt sie wenig überzeugt hinzu.

Und Camilles Entscheidung steht sowieso schon fest. Sie will mit einem anderen Mann ins Bett, um Gabriel zu vergessen.

An wen erinnert mich das bloß …?

Alarm, sexy Typ gesichtet!

Am Abend begeben Camille, Mindy und ich uns also zu der grandiosen Villa des Kunstsammlers. Der Ort, die Musik, die Gäste – das mag alles fantastisch sein. Doch am liebsten würde ich mir Camille schnappen und sie sofort nach Paris zurückschleppen. Da das leider nicht geht, werde ich sie bewachen wie eine Glucke ihre Küken. Sobald ein etwas zu heißer Typ auch nur in Sichtweite gerät, schlage ich Alarm.

Der Herr des Hauses begrüßt uns:

»Camille, *ma chérie!*«

»Rocco«, sagt sie und schließt ihn in die Arme. »Ich freue mich so, dich zu sehen. Das sind meine Freundinnen Emily und Mindy.«

Ich mache ihm ein Kompliment zu seinem wirklich traumhaften Haus. Dann ruft er einen Gast zu sich. Alarm, Alarm! Supersexy Typ im Anmarsch!

»Romain, komm mal her«, sagt Rocco und stellt besagten Romain und Camille einander vor.

Die beiden sehen sich an, und es ist ein Wunder,

dass sie sich nicht gleich hier gegenseitig die Kleider vom Leib reißen.

Oh là là. Oh my God!

Und dann möchte dieser verboten heiße Romain Camille auch noch im Billardzimmer ein neu erworbenes Gemälde zeigen. Ein »Gemälde«, ja, sicher.

Ich muss etwas tun!

»Romain!« Ich versuche seine Aufmerksamkeit zu bekommen, doch er starrt nur Camille an.

Und auch Camille verschlingt ihn mit den Blicken, als wäre er der letzte Mann auf Erden. Sie hören mich nicht. Haben sie sich gegenseitig hypnotisiert, oder was? Ich versuche es noch einmal:

»Romain!« Endlich dreht er sich zu mir um. »Hi! Würdest du bitte ein Foto von uns machen?«

Ich reiche ihm mein Handy, und Camille stellt sich neben mich und Mindy.

»Bereit?«, sagt er. »Auf drei. Eins, zwei …« Er hält inne, weil mein Handy vibriert. »Oh, ein Anruf. Wer ist Gabriel?«

Oh, oh!

»Warum ruft Gabriel dich an?«, fragt Camille.

Äh, ja, warum? Vielleicht, weil wir eine unvergessliche Nacht miteinander verbracht haben?

»Ach, das ist bestimmt ein Hosentaschenanruf«, sagt Mindy geistesgegenwärtig. »Drück ihn einfach weg.«

Romain startet einen neuen Countdown, doch da

ruft Gabriel schon wieder an. Jetzt kann ich wohl kaum noch so tun, als wäre der Anruf unbeabsichtigt. Romain gibt mir mein Handy zurück.

»Ich kenne den Typen zwar nicht, aber so viel ist klar: Der steht auf dich.«

»Nein, tut er nicht.«

»Oh, doch.«

Und selbst wenn, was geht diesen Romain das an?

Camille drängt mich ranzugehen. Ich bin die Ruhe selbst. Total gelassen. Ganz natürlich. Ich spreche mit einem Freund. Genau. Er ist nur ein Freund.

»Warum ist Camille mit dir in Saint-Tropez?«, fragt Gabriel sofort.

Er hat wohl ihre Insta-Storys gesehen. Immerhin beweist das, dass es ihn interessiert.

»Ah, ja. Sie steht hier neben mir. Wir machen ein kleines Mädelswochenende.«

»Ich dachte, du wolltest mit Mathieu dahin? Was ist passiert?«

Das ist jetzt wirklich nicht der richtige Zeitpunkt für diese Unterhaltung. Ich tue so, als hätte ich nichts gehört.

»Oh, du möchtest sie sprechen?«, frage ich scheinheilig.

»Nein«, flüstert Camille.

»Nein, und warum willst du nicht mit mir sprechen?«, fragt Gabriel.

Statt einer Antwort tue ich so, als würde ich nichts verstehen, weil die Musik so laut ist, und lege auf.

»Geht's dir gut?«, frage ich Camille, die dieser Zwischenfall offenbar ziemlich aufgewühlt hat.

»Ja, wunderbar. Aber ich möchte seinen Namen nicht mehr hören.«

Kaum hat sie das gesagt, wendet sie sich wieder an Romain und verschwindet mit ihm Richtung Billardzimmer.

Na, hoffentlich gehen sie wirklich nur das Gemälde betrachten. Aber so, wie es zwischen den beiden knistert, glaube ich keine Sekunde daran. Ich vermute eher, dass sie sich gegenseitig betrachten wollen, und zwar aus allernächster Nähe.

Mein schöner Plan ist grandios gescheitert!

Glucke sein ist nicht leicht

Die Party ist echt crazy! Als Höhepunkt schwebt der Saxofonist mit einem Flyboard über den Pool. Wow!

Ich drehe mich nur kurz um, um diesen Moment auf Instagram zu posten, und – schwupps! – Camille knutscht mit Romain.

Alarm! Alarm!

Ich versuche, sie unter dem erstbesten Vorwand auseinanderzutreiben.

»Hey, wisst ihr, wie lange es dauert, ein Uber hierherzubestellen? Ich möchte bei Laurent G. sein, wenn es richtig voll ist.«

»Du willst gehen? Jetzt?«, fragt Camille.

Ja, jetzt, sofort, auf der Stelle. Bevor sie und Romain irgendwohin verschwinden und sich einer noch näheren Betrachtung unterziehen.

Sie küsst ihn schon wieder.

»Kommst du auch dahin, *chéri*?«

Wie bitte? *Chéri*? Es gibt nur einen Chéri, und der ist in Paris und heißt Gabriel. Klar?

Romain sagt zu und verabschiedet sich dann mit einem weiteren Kuss. Ich nutze die Gelegenheit, um ein bisschen meine Rolle als Glucke zu spielen.

»Ähm, was geht mit diesem Kerl?«, frage ich.

»Keine Ahnung. Aber er ist echt heiß, oder?«

Äh, ja, das lässt sich nicht leugnen. Zu heiß, würde ich sagen. Ich will schließlich nicht, dass Camille sich die Finger verbrennt.

»Ja, schon«, gebe ich zu. »Aber ich will nicht, dass du irgendwas tust, das du später bereust.«

Daraufhin umarmt Camille mich.

»Oh, Emily. Meine süße, besorgte Amerikanerin. Es ist nur Sex. Das tut doch keinem weh.«

Na, toll. Soll mich das etwa beruhigen?

Ich hoffe jedenfalls, dass dieser Nur-Sex-Romain sich woanders austobt und uns nicht zu Laurent G. folgt.

Ein Fauxpas nach dem anderen

Das Hoffen hat wohl nichts gebracht. Denn wer stößt zu uns, kaum dass wir uns gesetzt haben? Genau, Mister Megasexy!

Trotz der späten Stunde ist es bei Laurent G. rappelvoll. Die Leute tanzen zwischen den Tischen am Strand. Die Stimmung ist super, das Menü vielversprechend. Wenn ich nur wüsste, wie ich Romain loswerden soll! Vielleicht könnte ich ihn ins Meer werfen? Dumme Idee, er kann bestimmt schwimmen.

Oder ... gibt es im Mittelmeer eigentlich Haie?

Während ich noch grübele, bringt der Kellner uns eine Flasche Champagner.

»*Non*, tut mir leid, das habe ich nicht bestellt. Ich wollte Champère.«

Bevor ich weiterdiskutieren kann, springt Camille auf und geht mit Romain tanzen. Das darf doch nicht wahr sein, heute klappt aber auch gar nichts! Ich will das mit dem Champagner mit dem Clubbesitzer Laurent G. persönlich klären. Er steht an der Bar, in inniger Umarmung mit einer Frau.

»Hallo! Entschuldigung!«, rufe ich, um ihn auf mich aufmerksam zu machen. »Ich bin mit der Inhaberin von Champère hier. Und es wäre toll, wenn wir endlich ein paar Flaschen ihres Familienchampagners bekommen könnten, wie ich es ihr versprochen hatte.«

Da löst sich die Frau von ihm und dreht sich zu mir um. *Oh my God!*

Es ist Sylvie! Was macht die denn hier, in Saint-Tropez, in den Armen von Laurent G.? Ist sie gekommen, um mich wegen des klitzekleinen Fauxpas mit Grégory Duprée zur Rechenschaft zu ziehen?

Wortlos bedeutet sie mir, ihr an den Strand zu folgen, wo es etwas ruhiger ist.

Jetzt bin ich bestimmt gefeuert. Wenn nicht schlimmer. *Bye bye Paris, welcome back to Chicago …* Oder vielleicht will jetzt Sylvie *mich* den Haien zum Fraß vorwerfen?

»Ich kann das erklären«, beginne ich.

»Was erklären Sie mir zuerst? Warum Sie Laurent wegen ein paar Flaschen nerven, die er erst gestern bekommen hat? Oder warum Sie Pierre Cadault tödlich gekränkt haben?«

»Ich wollte nur den Rimowa-Koffer promoten.«

»Ja, und dafür haben Sie einen anderen Kunden mit reingezogen. Was ist denn mit Mathieu?«

Sie sieht gar nicht so wütend aus. Eigentlich wirkt es fast, als … würde sie sich Sorgen um mich machen.

»Es hat nicht funktioniert«, gestehe ich. »Er ist aus dem fahrenden Zug gesprungen, um von mir wegzukommen. Aber es ist alles in Ordnung.«

»Wenn ›alles in Ordnung‹ wäre, würde Julien jetzt wohl kaum mit Pierre Cadault im Ritz sitzen. Halten Sie einfach die Füße still. Durch Ihre Aktionen haben alle anderen nur mehr Arbeit. Und das am Wochenende, was verboten ist!«

Ja, ja, das ist das Gesetz. Ich weiß. An diesem Wochenende begehe ich wirklich einen Fauxpas nach dem anderen. Vermutlich gibt es dafür einen Grund. Und es hat nichts mit der Arbeit zu tun, sondern mit Gabriel und meinen Schuldgefühlen. Seit dieser verboten schönen Nacht habe ich mein Leben nicht mehr im Griff. Und deshalb mache ich heute lauter Unsinn, wie zum Beispiel unnötigerweise den Besitzer des Beachclubs anzugiften.

»Okay, es tut mir leid. Ich entschuldige mich bei Laurent und verschwinde.«

»Nein, ich kümmere mich um Laurent«, widerspricht Sylvie.

»Wieso? Ich habe das verbockt. Deswegen müssen Sie nicht mit diesem Drecksack flirten.«

Ein undefinierbares Lächeln umspielt Sylvies Lippen. Ich ahne nichts Gutes.

»Emily, dieser ›Drecksack‹ ist übrigens mein Ehemann.«

Hein? Sylvie ist verheiratet? Mit Laurent G.?

Nein, sie hat das bestimmt nur gesagt, um mich aufzuziehen. So ist sie, die liebe Sylvie, immer voller Sarkasmus.

Aber eigentlich sieht sie gerade nicht so aus, als wäre sie zum Scherzen aufgelegt. Überhaupt nicht.

Nein! Steht das »G« von »Laurent G.« etwa für Grateau? Sylvies Nachnamen?

Oh my God!

Mindy erzählt

Ich habe heute mehrere Lektionen gelernt.

Erstens: Ich darf den Leuten nicht alles glauben – danke, Grégory Duprée.

Zweitens: Ich sollte lieber zweimal nachdenken, bevor ich wie eine Furie auf jemanden losgehe – sorry, Laurent G.

Ich kann immer noch nicht glauben, dass Sylvie verheiratet ist. Warum hat mir das niemand erzählt? Das frage ich auch Mindy, als ich zurück an unserem Tisch bin. Aber sie starrt auf ihr Handy und antwortet mir nicht.

»Was schaust du dir an?«, frage ich.

»Ach, nichts«, sagt sie, fügt dann aber hinzu: »Es ist dämlich.«

Sie zeigt mir ein Foto von sich als Kind mit ihrem Vater. Sie stehen vor dem Restaurant *Le Sénéquier*, hier in Saint-Tropez.

»Oh, so ein schönes Foto.«

»Ja. Wir waren früher öfter hier. Haben immer *Tarte*

Tropézienne gegessen. Also, als wir noch miteinander geredet haben«, erzählt sie traurig. »Er war vor zwei Wochen hier, das haben die mir im Hotel gesagt. Und er hat mir nicht mal eine Textnachricht geschickt.«

Jetzt verstehe ich, warum Mindy bei ihrer Ankunft so nachdenklich wirkte. Vermutlich hatte sie gerade erfahren, dass ihr Vater in Frankreich war, ohne sich bei ihr zu melden. Sie tut mir unendlich leid.

»Oh, nein. Das ist ja furchtbar. Warum hast du nichts gesagt?«

»Was gibt es denn da zu sagen? Es ist zum Teil auch meine Schuld. Aber früher hat er immer mal geschrieben, auch wenn wir uns gestritten hatten. Und jetzt glaube ich, er versucht es nicht mal mehr.«

»Schreib du ihm doch«, schlage ich vor.

»Und was? So was Dämliches wie: ›Ich vermisse dich. Schade, dass du nicht hier bist?‹«

»Ich finde das gar nicht so dämlich.«

Man merkt ihr an, dass sie ihren Vater schrecklich vermisst. Sie leidet darunter, dass sie keinen Kontakt haben. Na gut, sie will nicht seine Nachfolgerin im Familienunternehmen werden. Aber sie geht ihren eigenen Weg, und sie ist supertalentiert! Er sollte stolz auf sie sein.

Mindy steckt ihr Handy weg, ohne eine Nachricht geschrieben zu haben. Vielleicht ist es ja besser so. Ich würde heute auch nicht auf mich hören. Es läuft eh nur alles schief. Und jetzt ist mir auch noch Camille entwischt!

Dritte Lektion des Tages: Ich bin als Glucke echt nicht zu gebrauchen.

Kükenrettung

Mindy und ich schlafen im Hotelzimmer, als ich plötzlich durch mein Handy aufgeschreckt werde.

Es ist eine Nachricht von Camille: »Hilfe! Ich bin total fertig!«

Oh là là, oh my God! Was ist bloß passiert? Ich bitte sie, mir ihre genaue Position zu schicken, und springe dann sofort in ein Taxi.

Camilles Angaben führen mich zu einer wunderschönen Kapelle am Hafen. Um diese Uhrzeit ist hier natürlich niemand. Tausend Fragen drehen sich in meinem Kopf. Hoffentlich ist ihr nichts Schlimmes zugestoßen! Aber als ich ankomme, scheint alles in Ordnung zu sein. Ich setze mich neben sie. Sie ist in den Anblick der kunstvoll bemalten Wände versunken.

»Ziemlich toll, oder? Das ist von dem surrealistischen Maler Jean Cocteau. Ich war einmal mit Gabriel hier, um ihm die Kunst zu zeigen. Aber da fand gerade eine Hochzeit statt. Im ganz kleinen Kreis. Sie haben uns eingeladen, mit ihnen zu feiern. Wir sind den ganzen Tag geblieben. Da hat Gabriel zum ersten Mal gesagt, dass er mich liebt.«

Camille erzählt, dass sie zwar mit zu Romain gegangen ist, aber nicht mit ihm geschlafen hat. Sie konnte es nicht, weil sie Gabriel immer noch liebt.

»Aber ich habe ihn verloren«, schließt sie traurig.

»Nein, hast du nicht«, sage ich tröstend und nehme sie in den Arm. »Das weiß ich ganz sicher.«

Es bricht mir das Herz, sie so traurig und verzweifelt zu sehen. Sie liebt *ihren* Gabriel so sehr.

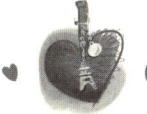

Ausgleichende Gerechtigkeit

Am nächsten Tag führt Mindy uns zum Mittagessen in die Stadt aus. Und plötzlich stehen wir vor *Le Sénéquier*. So ein Zufall aber auch! Ich habe da so eine Ahnung, dass es vielleicht nicht ganz so zufällig ist. Als ich sie zur Rede stelle, sagt Mindy:

»Ich wollte einfach nur am Hafen zu Mittag essen.«

Ja, klar, und ich heiße Sylvie Grateau!

»Willst du zufällig ein Foto?«, frage ich ganz beiläufig. Zufällig will sie. Also fotografiere ich sie vor dem Restaurant. Ihr Vater wird sich sicher freuen.

Und tatsächlich, Mindy befolgt meinen Rat und schickt ihrem Vater das Foto. Ich würde ihr so sehr wünschen, dass die beiden bald wieder miteinander reden! Ihr Verhältnis zu ihrem Vater ist Mindy sehr wichtig.

Dann, als wir uns gerade hinsetzen wollen, erschallt von einer Yacht im Hafen ein Ruf. *Oh là là!* Es ist Grégory Duprée. Stolz wie ein Gockel.

»Sieh an, sieh an, da ist ja die Grande Dame von Instagram!«, sagt er spöttisch.

»Oh, und da ist der Lügner, der mich fast um meinen Job gebracht hätte!«, antworte ich im gleichen Tonfall.

»Oh, ich bin untröstlich. Aber Pierre hat meine erste Kollektion bei Balmain verrissen. Und als ich seine feiste Fresse auf dem Koffer gesehen habe, hatte ich plötzlich große Lust, mich zu revanchieren.«

»Und wir haben große Lust, in Saint-Tropez auf eine Yacht zu steigen.«

»Sorry, Mädchen haben hier keinen Zutritt«, sagt er und zeigt auf seine beiden männlichen Begleiter.

Nein, keine Chance, ich lasse mich nicht abwimmeln. Ich will meine Revanche und werde sie bekommen! Außerdem möchte ich meine Freundinnen aufheitern, die beide aus unterschiedlichen Gründen niedergeschlagen sind. Ich war nicht immer die perfekte Freundin – vor allem, was Camille angeht –, aber ich werde meine Fehler wiedergutmachen und mein Leben in den Griff bekommen. Wenigstens hat dieses bewegte Wochenende dafür gesorgt, dass ich wieder klar denken kann. Ich glaube, in Saint-Tropez liegt wirklich etwas Magisches in der Luft.

Ich fordere meine Mädels auf, an Bord zu gehen, und bedenke Grégory Duprée mit einem betont mitleidigen Blick.

»Das schuldest du mir!«

»Willkommen an Bord«, antwortet er resigniert.

Yesss!

Und ich habe noch eine Lektion gelernt: Gearbeitet wird jetzt nicht. Ich habe frei!

Lauter gute Ideen

Nach dem Wochenende in Saint-Tropez kehre ich in meine Pariser Routine zurück. Das heißt, »Routine« trifft es nicht ganz. Nach meinem Riesenschnitzer mit Pierre Cadault lauert Sylvie bestimmt auf meinen nächsten Fehler. Ich werde ihr beweisen müssen, dass sie mir vertrauen kann. Außerdem muss ich an Camille denken. Sie ist so verliebt in Gabriel. Ich wünsche mir, dass die beiden wieder zusammenkommen. Die Frage ist nur: Wie stelle ich das an?

Als ich nun also am Montagmorgen vom Joggen zurückkomme, treffe ich unten die Concierge. Ich glaube, langsam hat sie sich an mich gewöhnt. Sie zieht keine Grimassen mehr, wenn sie mich sieht, und sie hört mir zu. Manchmal versucht sie sogar, mich zu verstehen!

»Ah, *Mademoiselle* Cooper!«, sagt sie nun und zeigt auf ein großes Paket für mich.

Ich bedanke mich – auf Französisch, versteht sich – und trage es die Treppe hinauf.

»Ist das für mich?«, fragt Mindy, die gerade einen Kaffee trinkt.

»Nein. Weiß überhaupt jemand, dass du hier wohnst?«

In dem Paket aus Chicago steckt lauter Geburtstagsdeko: Glitzerbrillen, Happy-Birthday-Banderolen und solche Dinge. Mindy versteht natürlich sofort, warum mir meine Eltern das geschickt haben.

»Ey, wenn du heute Geburtstag hast, nehme ich's dir übel!«

»Mein Geburtstag ist morgen. Aber es ist kein besonderes Alter, also muss ich nicht groß feiern.«

Die letzten Wochen hier waren irre, aufregend und unglaublich, aber auch anstrengend. An manchen Tagen, wie heute, habe ich immer noch das Gefühl, nicht hierherzugehören. Aber vielleicht liegt es nur an meinen Schuldgefühlen, dass ich alles so schwarzsehe. Und daran, dass ich den Eindruck habe, die Kontrolle über mein Leben verloren zu haben.

Wenn ich doch bloß diese eine Nacht ungeschehen machen könnte! Doch leider hat bisher noch niemand eine Zeitmaschine erfunden. Dabei wäre das so praktisch!

Mindy ihrerseits scheint nicht gewillt zu sein, aufs Feiern zu verzichten.

»Sorry, aber deine Freunde entscheiden, ob es eine Party gibt oder nicht. So ist das mit Geburtstagen.«

»Na gut. Aber keine Überraschungen. Davon hatte ich genug.«

»Hey, wir könnten eine Dinnerparty machen«, schlägt sie enthusiastisch vor.

»Kannst du kochen?«

»Kein Stück. Du?«

»Das eine oder andere …«

Mindy strahlt, als hätte sie soeben im Lotto gewonnen.

»*Oh my God!* Wir geben unsere erste gemeinsame Pariser Dinnerparty!«

Sie ist so begeistert, dass ich mich anstecken lasse. Ich meine, warum nicht? Eine kleine Feier hat schließlich noch niemandem geschadet.

Als ich zur Arbeit aufbreche, kommt Mindy mit nach unten auf den kleinen Platz vor unserem Haus. Da steht der Brunnen, der mich bei meiner Ankunft so entzückt hat. Damals wusste ich noch nicht, dass ich kurz darauf den *einen* Typen treffen würde, in den ich mich auf keinen Fall verlieben darf.

»Ich sehe es schon vor mir«, erklärt Mindy und hüpft über den Platz. »Hier stellen wir den Tisch hin, wir setzen Schwimmlichter in den Brunnen, und da hängen wir das Zeug von deinen Eltern auf.«

»Brauchen wir dazu nicht eine Genehmigung?«

»Wenn wir fragen, ganz bestimmt!«, antwortet Mindy schnippisch.

Ich muss lachen. Mindy ist einfach unverbesserlich. Das ist einer der vielen Gründe, weshalb ich sie so mag. Und wie sie sich reinhängt, um meinen Geburtstag zu organisieren, nur weil ich mich ein bisschen down fühle!

Es stimmt natürlich, es wäre schöner, hier draußen zu feiern, als in unserer Miniwohnung. Außerdem habe ich ja sowieso schon das Gesetz gebrochen, weil ich es gewagt habe, am Wochenende zu arbeiten. Da macht das jetzt auch keinen Unterschied mehr.

Mindy steigt auf den Brunnen, doch plötzlich ändert sich ihr Gesichtsausdruck.

»Oh, oh, Chefkoch von links. Chefkoch von links!«

Und ja, da kommt Gabriel auch schon angeschlendert, lächelnd wie immer.

»*Bonjour*«, begrüßt er uns. »Was macht ihr hier?«

»Ach, nichts«, behauptet Mindy. »Wir hängen nur ein bisschen ab.«

Ich weiß, warum sie lügt, aber mir kommt gerade eine geniale Idee!

»Eigentlich habe ich morgen Geburtstag, und wir planen eine Dinnerparty. Ich hoffe, du kommst auch.«

»Sehr gern«, sagt Gabriel. »Ich backe dir einen Kuchen. Das ist mein Geschenk.«

»Das würde mich freuen. Danke, Gabriel.«

Jetzt stehen wir da, lächeln verlegen und wissen nicht, was wir noch reden sollen. Was gibt's auch groß zu sagen? Ich finde ihn immer noch toll. Aber es ist, als stünde ihm fett auf der Stirn geschrieben: »Finger weg!« Mindy ist auch sprachlos und verschwindet ins Haus. Wahrscheinlich versteht sie nicht, warum ich Gabriel eingeladen habe. Ich erkläre es ihr später.

Mein Versöhnungsplan läuft! Denn natürlich werde ich auch Camille einladen. Wenn die beiden dann gemütlich hier zusammensitzen, müssen sie einfach wieder zueinanderfinden.

Ich will gehen, aber Gabriel folgt mir.

»Ich habe eine Frage. Warum hat sich dein romantisches Wochenende mit Mathieu in Saint-Tropez in einen Mädelstrip mit Camille verwandelt?«

Schnell, eine plausible Geschichte muss her!

»Es ging ihr nicht gut, und sie wollte einen Tapetenwechsel. Und ich habe mich gefreut. Es war toll.«

»Das beantwortet meine Frage nicht. Warum war Mathieu nicht da?«

»Weil er unser Telefonat mitgehört hat und danach nicht mehr mit mir wegfahren wollte«, gebe ich zu. »Es war die richtige Entscheidung.«

»Weil du nichts für ihn empfindest.«

Mann, kann er mich nicht einfach in Ruhe lassen?

»Weil Mathieu ein Kunde ist und es ein Fehler war, überhaupt mit ihm wegfahren zu wollen«, erkläre ich. »Und von jetzt an verhalte ich mich korrekt gegenüber Kunden und gegenüber Nachbarn. Also, mach's gut!«

Keine Ahnung, ob er mir geglaubt hat. Dabei ist das mein voller Ernst. Ich muss wieder Ordnung in mein Leben bringen – und in Camilles Leben gleich mit.

Das ist mein »Erbsen-und-Möhren-Plan«. Na gut, an dem Namen sollte ich vielleicht noch arbeiten.

Emily is back!

Mein »Erbsen-und-Möhren-Plan« betrifft natürlich auch meine Arbeit. Auch da muss ich aufräumen. Ich darf mir keinen noch so kleinen Fehler mehr erlauben. Die Woche beginnt mit einem Meeting mit Sylvie, Luc und Julien. Das ist die Gelegenheit zu beweisen, dass ich wieder voll und ganz da bin, mit Lächeln, Enthusiasmus und Dynamik!

Mehr Emily Cooper geht nicht!

»Ich habe noch einen geschäftlichen Punkt, bevor wir Schluss machen«, verkünde ich am Ende des Meetings. »Rimowa ist begeistert von der Kollaboration. Ich hoffe, Pierre lässt sich davon überzeugen. Außerdem habe ich morgen Geburtstag, und ich wollte euch alle zu einer Dinnerparty bei mir zu Hause einladen.«

»Ah, wunderbar. Ich komme gern«, sagt Luc erfreut.

»Ja, ich kann auch kommen«, sagt Julien.

Yay! Ich freue mich. Jetzt fehlt nur noch Sylvie.

»Ja, *merci beaucoup* für die Einladung, Emily«, antwortet sie. »Aber ich muss Ihnen sagen, dass Pierre von der Kollaboration mit Rimowa alles andere als begeistert ist. Um ein Haar hätte Savoir ihn als Kunden verloren.«

Meine Freude verpufft. Und ich dachte, mein Fauxpas mit Grégory sei das einzige Problem gewesen. Dabei geht es um die Kollektion an sich. Warum gefällt sie Pierre denn nicht? Er ist doch sonst so egozentrisch. Es müsste ihm schmeicheln, sein Konterfei auf einem Koffer zu sehen, oder?

»Doch Julien hat ihm eine Nervenmassage verpasst«, fährt Sylvie fort, »und konnte verhindern, dass er die Agentur verlässt.«

»Wir reden hier nicht von einer echten Massage. Das will ich nur klarstellen«, fügt Julien hinzu.

»Und ab jetzt übernimmt Julien Pierres Kundenbetreuung«, verkündet Sylvie.

Ich traue meinen Ohren nicht. Pierre Cadault ist *mein* Kunde! Julien verzieht sich schnell, um sich vor einer Erklärung zu drücken. Aber so leicht lasse ich ihn nicht davonkommen.

»Du hast mir Pierre geklaut!«, werfe ich ihm vor.

»Wenn hier jemand klaut, dann du«, gibt er zurück. »Ursprünglich habe ich Rimowa betreut.«

»Dann wolltest du dich mit der Pierre-Aktion nur an mir rächen?«

»Nein, das mit Pierre tut mir leid. Aber das war

allein deine Schuld, nicht meine. Ich habe dich nur verteidigt.«

Ja, klar.

»Dann verteidige mich in Zukunft bitte etwas weniger«, rufe ich aufgebracht.

»Kein Problem«, erwidert Julien prompt.

Da kommt Luc zu uns.

»Alles ist in Ordnung. Okay? Niemand hat irgendwem irgendwas geklaut. Wir sind alle ein Team. Sei bitte nicht mehr sauer.«

»Ich bin nicht sauer, ich bin nur enttäuscht!«, antworte ich in patzigem Ton.

»Ich auch«, sagt Julien, ebenso patzig. »Ich habe mich auf deine Party gefreut, aber jetzt lädst du mich sicher wieder aus.«

»Das tue ich nicht!«, brülle ich.

»Gut. Dann komme ich dahin!«, brüllt er zurück.

»Gut! Sag Bescheid, falls du Lebensmittelallergien hast!«

Ha, das nenne ich mal schlagfertig!

An diesen Streit wird sich die Agentur bestimmt noch lange erinnern.

Geburtstagsgrüße und Deep Dish Pizza

Heute ist mein Geburtstag! Ich glaube, es ist doch eine gute Idee, ihn zu feiern. Ich bekomme ganz viele süße Nachrichten.

Julien schreibt zum Beispiel: »Emily, die Einzige, die in Printmuster besser aussieht als ich.« Ich bin ihm nicht mehr böse wegen Pierre. Luc hat recht: Wir sind ein Team, und das Wichtigste ist, dass wir keinen Kunden verloren haben.

Und Luc schickt mir übrigens ein Foto von dem Peniskuchen, mit dem ich mich vor ein paar Wochen an ihm und Julien gerächt habe. In diesem Moment haben sie angefangen, mich zu mögen.

Und die liebe Mindy schreibt, ich vereine innere und äußere Schönheit. Das kann ich nur aus vollem Herzen zurückgeben.

Dann gibt es noch Nachrichten von meinen Eltern, von Madeline, meiner Chefin in Chicago, von den Vaga-Jeune-Leuten, für die ich eine Kampagne gemacht habe, und sogar von meiner Lieblingsbäckerin, deren Schokocroissants zum Niederknien sind.

Na ja, und von Camille natürlich.

Camille hat mich gestern ins Hammam eingeladen, mit ihren Freundinnen. Ich bin da ziemlich ins Schwitzen geraten, und nicht nur wegen der Hitze. Die Gespräche drehten sich genau um das eine Thema, das ich unbedingt vermeiden wollte: Gabriel. Camille meinte, diesmal sei etwas anders als bei all ihren vorherigen Streits mit Gabriel. Als eine ihrer Freundinnen vorsichtig gefragt hat, ob er vielleicht eine andere habe, bin ich mit einem sehr energischen »Nein« dazwischengegangen.

Wenn ich jetzt so darüber nachdenke, hätte ich vielleicht besser nicht an Camilles Stelle antworten sollen.

Dann kam das Gespräch auf Gabriels heilige Pfanne, in die seine Initialen eingraviert sind und die außer ihm keiner anfassen darf.

Na ja, oder durfte. Denn schließlich hat er sie mir geschenkt!

Ich finde diese Situation furchtbar, und ich will nur eines: Camille und Gabriel sollen sich versöhnen, und dann kann ich das alles vergessen. Ich möchte diese ganze Sache so schnell wie möglich abhaken.

Vielleicht klappt es ja heute Abend. Hoffentlich!

Jedenfalls ist heute ein besonderer Tag. Es ist *mein* Tag. Und den werde ich genießen. Jawohl!

Tja, doch kaum komme ich im Büro an, war's das auch schon mit der guten Laune. Denn in der Eingangshalle stehen die Koffer mit Pierres Gesicht darauf.

»Ach ja, ich muss Rimowa noch sagen, dass aus ihrer Idee leider nichts wird«, beklage ich mich bei Luc und Julien.

»Schade, die Koffer sind doch cool«, bedauert Letzterer.

»Heute mache ich das nicht«, beschließe ich. »Das schenke ich mir selbst zum Geburtstag!«

Das ist doch sehr französisch, oder? Am Wochenende arbeitet man nicht, und am Geburtstag erledigt man keine unangenehmen Aufgaben.

Ich glaube, langsam integriere ich mich wirklich.

Julien reicht mir ein großes Paket, das aus Chicago gekommen ist.

Wow, ich glaub's nicht!

»Madeline schickt mir Deep Dish Pizza! *Yummy!*«

Es kommt mir vor, als hätte ich seit Ewigkeiten keine mehr gegessen.

Da kommt Sylvie vorbei.

»Hat jemand gekotzt?«, fragt sie, wohl wegen des Geruchs.

Ach ja, Sylvie und ihr Humor …

»Auf diesem Ding steht, dass es im Tiefkühlfach noch sechs Monate lang haltbar ist«, verkündet Luc und zeigt auf den Pizzakarton.

»Oh, *quelle horreur*«, sagt Sylvie angewidert.

Ich sag's ja, sie ist der reinste Witzbold.

Coup de foudre

Nach der Arbeit gehe ich einkaufen. Als ich dann mit meinen prall gefüllten Taschen fast zu Hause bin, holt Gabriel mich ein. Ob ich will oder nicht, immer wenn ich ihn sehe, schlägt mein Herz höher.

»*Bonjour!*«, ruft er fröhlich. »Sind das die Einkäufe für heute Abend? Darf ich mal sehen?«

Er fischt eine Fleischpackung aus dem Netz und sieht sie an, als wäre es das schlimmste Lebensmittel auf Erden. Ja, ja, das Gleiche habe ich heute schon mit der Deep Dish Pizza erlebt, es reicht, okay?

»Oh, wem willst du das denn zum Fraß vorsetzen?«, fragt er skeptisch.

Ich weiß, dass Amerikaner nicht gerade für ihre exquisite Küche bekannt sind, aber ich tue mein Bestes! Doch Gabriel schnappt sich mein Einkaufsnetz und führt mich auf den Markt. Dort probiere ich auf seinen Ratschlag hin lauter Köstlichkeiten, und ich kaufe Dinge, von denen ich zum Teil nicht einmal wusste, dass es sie gibt. Aber es ist alles *so yummy!*

»Jetzt hast du exzellente Zutaten, jetzt musst du sie einfach nur noch machen lassen«, sagt Gabriel.

»Okay, ich werde versuchen, ihnen nicht zu sehr im Weg zu stehen.«

Das bringt ihn zum Lachen. Und mich auch. Dieser Marktbesuch mit ihm war toll. Aber das geht nicht, es darf nicht sein!

Dann gibt es plötzlich einen Wolkenbruch, mit Blitz und Donner und prasselndem Regen. Wir stellen uns in einem Hauseingang unter.

Es blitzt wieder, und Gabriel lächelt mich an.

»*Coup de foudre.*«

»*Coup de foudre*«, wiederhole ich. »Bei uns im Mittleren Westen heißt das ›Sommergewitter‹.«

Gabriel wird ganz ernst und schaut mir tief in die Augen.

»Wörtlich heißt es ›Blitzschlag‹, aber es heißt auch ›Liebe auf den ersten Blick‹.«

Als er mir eine feuchte Strähne aus dem Gesicht streicht, bekomme ich Gänsehaut, und das liegt nicht an meinen durchnässten Klamotten. Wieso bringt mich diese kurze Berührung so durcheinander? Ich müsste mich nur vorbeugen, das kleinste Zeichen geben, und wir würden uns küssen. Ich sehne mich so danach …

Nein, nein, nein!

Ich reiße ihm schnell mein Einkaufsnetz vom Arm.

»Äh, ich … äh …«, stammele ich. »Ich gehe dann mal nach Hause und stehe dem Essen nicht weiter im Weg.«

Obwohl es immer noch schüttet wie aus Eimern, laufe ich schnell davon.

Lieber nehme ich es mit einem tosenden Gewitter auf, als zu versuchen, Gabriels überwältigender Anziehungskraft zu widerstehen.

Bon anniversaire ...

Zurück zu Hause – und wieder trocken – verwandle ich mich in einen waschechten *Cordon Bleu*. Also, natürlich nicht in ein gefülltes Schnitzel, nein, so nennen Franzosen Spitzenköche. Wie Gabriel es mir geraten hat, lasse ich mich von den köstlichen Zutaten inspirieren. Ich schnippele, köchele, brate, backe. Ich will meine Gäste auf keinen Fall enttäuschen.

Ich glaube, ich bin glücklich. Meine Kollegen haben zugesagt, und das bedeutet mir viel. Noch vor wenigen Wochen haben sie kaum ein Wort mit mir gesprochen, und jetzt verstehen wir uns so gut! Davon abgesehen habe ich natürlich auch meinen Versöhnungsplan für Camille und Gabriel nicht vergessen.

Als das Essen fertig ist, ziehe ich ein festliches Kleid an und gehe nach unten, wo Mindy den Tisch deckt. Die Deko ist wunderbar. Hübsches Geschirr, bunte Blumen – es ist fast zu schön! Es berührt mich sehr, dass Mindy sich solche Mühe gegeben hat.

Kurz darauf kommt schon Camille.

»*Bonsoir!*«, begrüßt sie uns und reicht mir eine große Flasche. »Ich habe dir das gute Zeug mitgebracht: den Grand Cru von der Domaine de Lalisse. *Bon anniversaire, ma chérie!*«

»Camille, du bist ja verrückt!«, antworte ich.

»Hallo? Ich bin auf den Baum geklettert, um die Lichterketten aufzuhängen«, betont Mindy.

»Okay, dann erkläre ich euch eben beide für verrückt! Aber ihr macht mich sehr, sehr glücklich.«

Mindy bringt den Champagner nach oben, um ihn kaltzustellen. Währenddessen unterhalte ich mich mit Camille.

»Und wer kommt noch alles zu deinem Geburtstag?«, fragt sie.

»Du, Mindy, Gabriel – die kennst du ja –, und dann noch meine Kollegen aus der Agentur.«

»Und der Mann, den du heimlich datest?«

Wen meint sie denn damit? Wahrscheinlich war das nur ein Scherz. Dann kommt – wie aufs Stichwort – Gabriel mit ein paar Stühlen, und während er sich mit Camille unterhält, tue ich so, als wäre ich seeehr beschäftigt damit, das Besteck ordentlich hinzulegen.

»Du siehst wunderschön aus, Camille«, höre ich ihn noch sagen und schleiche mich quasi davon.

Da kommen auch schon die nächsten Gäste, Sylvie und Luc.

»Alles Gute zum Geburtstag!«, trällert Letzterer und

schenkt mir ein Buch. »Das ist mein Lieblingsroman von Balzac, *La cousine Bette*. Es geht darum, dass eine unverheiratete Frau mittleren Alters ihre Familie in den Untergang treibt.«

Er richtet den Blick auf Sylvie, als wäre sie direkt aus diesem Roman entsprungen.

Hihihi!

»Warum siehst du dabei mich an?«, fragt diese auch prompt.

Hach, der Abend fängt gut an. Und Camille und Gabriel reden immer noch …

»Pierre macht die Koffer«, sagt Sylvie dann.

»*Oh my God!* Hat Julien ihn überzeugt?«

»Nein, das war ich.«

Yay! Sylvie wollte mir helfen. Ist das nicht super-, supernett? Ich will sie umarmen, aber sie wehrt mich mit erhobenen Händen ab.

»Umarmungen sind nicht nötig. Es war für die Firma. Aber ich habe ein Geburtstagsgeschenk für Sie«, fügt sie hinzu und reicht mir ein kleines Päckchen. »Machen Sie es auf!«

Ich gehorche natürlich.

»Oh, wow! Ein Zigarettenetui! Ähm, aber Sie wissen schon, dass ich nicht rauche?«

»Man kann damit jederzeit anfangen.«

Ah, diese Sylvie! Jedenfalls ist das Metallkästchen sehr hübsch, und ich kann da bestimmt etwas anderes reintun als Zigaretten. Es ist ein Geschenk von Sylvie, also werde ich es wie einen Schatz hüten. Und ich bin immer noch überzeugt davon, dass sie mir mit den Koffern helfen wollte. Ihr ist das nur etwas peinlich!

Mindy und Luc bringen das Essen runter, und ich beobachte aus dem Augenwinkel Camille und Gabriel. Sie reden, sie lächeln sich an, sie berühren sich sogar.

Mein Plan funktioniert!

Und ich freue mich, auch wenn es mir einen klitzekleinen Stich versetzt, sie so zu sehen.

»Geht's dir gut?«, fragt Mindy leise.

»Ja«, antworte ich. »Genau das habe ich mir für meinen Geburtstag gewünscht. Die beiden sind wieder vereint, so soll es sein.«

Dieser Satz wird heute Abend mein Mantra sein.

Ja, so soll es sein, und nicht anders.

Egal, wie sehr ich darunter leide. Manchmal tut es eben weh, wenn man Erbsen und Möhren sortiert.

Aber das geht schon wieder vorbei. Irgendwann.

... oder Party des Grauens?

Es ist Nacht geworden. Die Lichterketten leuchten, und der Brunnen plätschert leise. Meinen Gästen schmeckt das Essen, die Stimmung ist herrlich, und ich, ich bin glücklich! Der einzige kleine Wermutstropfen ist, dass Julien nicht kommen konnte. Er muss sich um Pierre Cadault kümmern. Das ist schade, ich hätte ihn gern dabeigehabt.

»Ich glaube, unsere erste Pariser Dinnerparty ist ein Erfolg!«, jubelt Mindy. »Und entweder sind meine Geschmacksnerven vom Alkohol betäubt, oder dein Essen war wirklich lecker.«

»Ich finde es köstlich«, stimmt Luc zu. »Und ich bin begeistert, dass du nicht mit der Butter gespart hast.«

»Ja, in Sachen Butter sind Chicago und Paris sich wohl einig«, bestätige ich.

Wer sagt's denn: So verschieden sind wir letztlich gar nicht! Mindy springt auf, um den Kuchen zu holen, und ich wende mich an Camille:

»Und, hast du eine gute Zeit?«

»Oh, ja, es ist wunderschön. Danke.«

Sie strahlt geradezu.

»Es ist so schön, euch zusammen zu sehen«, sage ich.

»Und ich fände es schön, wenn du auch mit jemandem zusammen wärst«, antwortet sie. »Aber wenn du deine Affäre lieber geheim halten willst, ist das auch in Ordnung.«

Meine Affäre? Was denn für eine Affäre? Meine letzte »Affäre« war mit Gabriel. Aber das war nur eine Nacht, ich weiß nicht, ob man da von »Affäre« sprechen kann. Und selbst wenn, Camille weiß ja nichts davon. Wovon redet sie also? Bevor ich nachfragen kann, kommt Mindy mit dem Kuchen, und meine Gäste stimmen *Joyeux anniversaire* an. Ich fühle mich geehrt.

Fast alle, die mir in Paris wichtig sind, sind hier, es fehlt nur Julien. Einen schöneren Geburtstag hätte ich mir nicht wünschen können.

»Oh, Mist, der Champagner!«, ruft Camille plötzlich.

Sie rennt nach oben, um die Flasche aus meinem Kühlschrank zu holen. Da es etwas länger dauert, bis sie wiederkommt, fangen wir schon mal mit dem Kuchen an. Und Mindy macht begeistert Fotos.

»Hey, Gabriel, sag mir mal, was ich hier esse, damit ich es angemessen posten kann.«

»Ach, das ist nur ein Schokoladenkuchen mit drei

Schichten belgischer *mousse au chocolat*, bestreut mit Meersalz von der Île de Ré.«

»Es ist ein absoluter Traum«, schwärmt Sylvie.

Und sie hat recht. Diese Torte ist eine unwiderstehliche Versuchung, genau wie Gabriel …

»Ja, es ist der beste Schokokuchen, den ich je gegessen habe«, gestehe ich.

»Gut, ich habe ihn schließlich für dich gemacht.«

Gabriel beugt sich zu mir rüber, um mir etwas Schokolade von der Lippe zu wischen. Ich tue nichts, um ihn davon abzuhalten. Wie er mich ansieht …

Dann ist Camille endlich zurück, und Mindy fordert mich auf, einen Toast auszubringen.

Ich bin ganz gerührt. Ich möchte ihnen so vieles sagen, wie wichtig sie mir alle geworden sind und wie sehr ich sie vermissen werde, wenn ich wieder in Chicago bin. Aber ich will auch nicht allzu ernst rüberkommen. Also versuche ich es lieber mit Humor.

»Ihr alle macht meinen Aufenthalt hier zu etwas ganz Besonderem. Ich bin immer noch dabei, hier Fuß zu fassen, und mache dabei viele Fehler. Also, *pardon!* Und danke, dass ihr es trotzdem mit mir aushaltet!«

Es scheint sie berührt zu haben. Camille hebt ihr Glas.

»Ich spreche auch einen Toast für dich. Auf Emily, unsere nette Gastgeberin, die sicherlich so ihre Fehler gemacht hat, hier in Paris. Sie gab vor, meine Freundin zu sein, während sie eine Affäre mit meinem Freund hatte. Und auf meinen lieben Freund, der meine falsche Freundin gefickt hat! *À votre santé!*«

Mir bleibt das Herz stehen. Nein, nein, nein! Das darf nicht sein, das passiert gerade nicht wirklich. Woher weiß sie es?

Camilles Stimme bricht, sie dreht sich um und geht. Ich laufe ihr hinterher. Ich muss ihr erklären, dass das zwischen mir und Gabriel keine Bedeutung hatte, und dass die beiden füreinander geschaffen sind.

»Camille, warte! Bitte hör mir zu«, flehe ich, als sie endlich stehen bleibt.

»Wie lange treibt ihr es schon?«, fragt sie mit vor Zorn bebender Stimme.

Ich habe sie noch nie so wütend gesehen. Ich weiß nicht, wie sie es herausgefunden hat, aber das ist jetzt auch egal. Ich sehe es in ihren Augen: Durch das, was ich getan habe, ist unsere Freundschaft unwiderruflich zerbrochen.

Aber vielleicht kann sie Gabriel noch verzeihen?

»Es ist nicht so, wie du denkst. Zwischen uns ist nichts.«

»Emily, sei doch ein Mal ehrlich. Hast du mit Gabriel geschlafen?«

Ich bekomme kein Wort heraus und stehe nur stumm da. Und Camille geht davon.

Als meine Eltern mir früher Märchen vorlasen, habe

ich mir immer vorgestellt, ich sei die schöne Prinzessin, die Gute. Nicht die Böse.

Aber genau das bin ich jetzt. Ich bin die böse Hexe. Ich bin Pam Spicer – die, die alle hassen.

Und ich verstehe Camille.

Ich an ihrer Stelle würde mich auch hassen.

Die verräterische Pfanne

Am nächsten Morgen stehe ich noch immer unter Schock. Ich frage mich, wie man das, was gestern Abend passiert ist, nennen könnte. Vielleicht ein »hochexplosives Dinner«? Nein, ich glaube, »Party des Grauens« trifft es besser.

Ein Rätsel ist inzwischen immerhin gelöst. Ich weiß, wie Camille erraten hat, dass zwischen Gabriel und mir etwas war. Mindy hat Gabriels hochheilige Pfanne, die er mir geschenkt hat, in unserem Klo gefunden. Die verfluchte Omelettpfanne, die er angeblich wie seinen Augapfel hütet. Von wegen! Warum habe ich sie nicht entsorgt, bevor sie Camille in die Hände fallen konnte? Vielleicht hing ich in meinem tiefsten Inneren an der Pfanne, weil dieses Geschenk mir etwas bedeutet hat. Leider habe ich dabei vergessen, dass ich eine Kriminelle bin und dass dieses dämliche Küchenutensil meine Schuld beweist.

Und das habe ich nun davon.

Ich habe heute Nacht viel nachgedacht. Ich muss

mit Camille reden. Ich will, dass wir wieder Freundinnen sind! Mindy meint, das würde nichts bringen, weil Camille Französin ist und mir niemals verzeihen wird. Vielleicht stimmt das. Ich muss noch so viel über dieses Land und seine Leute lernen.

Auf dem Weg zur Arbeit gehe ich bei Gabriels Restaurant vorbei, wo gerade umgebaut wird. Ich möchte ihm etwas zurückgeben. Etwas, das genauso schwer in meiner Tasche lastet wie auf meinem Gewissen.

»*Bonjour*«, sage ich und knalle die verräterische Pfanne auf die Arbeitsplatte. »Wer schreibt bitte seine Initialen auf eine Pfanne?«

»Es war ein Geschenk.«

»Sie hat mir nur Unglück gebracht, deshalb gebe ich sie zurück. Ich will sie nicht, und ich will auch sonst nichts von dir. Ich habe genug von diesem Chaos.«

»Ja, ich auch. Es tut mir leid. Das kannst du mir glauben.«

Natürlich glaube ich ihm. Er wollte Camille auch nie verletzen. Und er scheint meine Gedanken lesen zu können.

»Hast du mit Camille gesprochen?«

»Nein, du?«

»Auch nicht. Ich gehe ihr aus dem Weg. Ich muss mich auf die Wiedereröffnung konzentrieren.«

Ha, so ein Drückeberger! Es ist ja nicht so, als wäre

ich bei dieser unvergesslichen Nacht allein gewesen. Und das sage ich ihm auch:

»Ich kann mich leider nicht verstecken. Sie kommt heute zu Savoir wegen eines Champère-Meetings.«

»Ich verstecke mich nicht«, protestiert er.

Ja, klar. Soll er es doch nennen, wie er will. Jedenfalls ist es für ihn viel einfacher als für mich. Er muss Camille immerhin nicht beruflich treffen. Aber ich habe keine Wahl, ich muss ihr gegenübertreten.

»Ich empfehle dir, die Pfanne gut abzuwaschen. Mit viel Seife! Mindy hat sie im Klo gefunden«, sage ich im Hinausgehen.

Ich fürchte mich davor, Camille zu begegnen. Sie war so wütend gestern. Aber andererseits ist das vielleicht eine Gelegenheit, sich auszusprechen? Sie mag Französin sein, aber das heißt ja nicht automatisch, dass sie nachtragend ist, oder?

Oh, oder vielleicht plant sie eine Rache? Das wäre *très* französisch.

Besser, ich räume im Büro alle potenziell gefährlichen Gegenstände weg. Nicht, dass sie mich noch mit einer Schere oder einem Tacker attackiert.

Sicher ist sicher.

Sprachproblem

Leicht panisch, aber auch ein wenig hoffnungsvoll, erreiche ich die Agentur. Kaum bin ich aus dem Aufzug gestiegen, kommt ein ziemlich besorgt aussehender Luc auf mich zu.

»Camille ist hier«, teilt er mir mit. »Soll ich lieber die Präsentation übernehmen?«

»Oh, und wie ist sie drauf?«, frage ich nur noch panisch.

»Pff, na ja, sie …«

Na toll, das bringt mich ja total weiter. Ist Camille eher in dem Modus: »Wenn ich die verdammte Pfanne zur Hand hätte, würde ich damit Emily zu Brei schlagen«, oder wirkt sie eher wie: »Langsam verarbeite ich den Schock und bin bereit zuzuhören«?

Ich werde es ja gleich herausfinden. Mit zitternden Knien gehe ich zu Camille und Sylvie in den Konferenzraum. Sie unterhalten sich angeregt. Auf den ersten Blick wirkt Camille gefasst und entspannt. Das ist ein gutes Zeichen!

»*Bonjour*«, sage ich voller Elan. »Tut mir leid für die Verspätung.«

Camille sieht mich nicht mal an, sondern redet weiter mit Sylvie.

Als die beiden sowie Luc und Julien sich setzen, teile ich mein Handout aus. Wenigstens habe ich gute Neuigkeiten.

»Also, wir haben von unserer Referenzgruppe fantastisches Feedback zu Champère bekommen.«

Camille wendet sich an Sylvie.

»Tut mir leid. Wenn Sie nichts dagegen haben, würde ich unsere Geschäfte doch lieber auf Französisch abwickeln. Es gibt da Nuancen in unserem Familienbetrieb, die sonst sicher verloren gehen.«

»Selbstverständlich«, versichert Sylvie ihr. »Immerhin sind wir ein französisches Unternehmen.«

Jetzt sieht Camille mich endlich an. Mit einem Lächeln. Aber es ist ein triumphierendes, verächtliches Lächeln, das mir sagt: »Ha, jetzt sieh nur zu, wie du klarkommst!«

Ich atme tief durch und beginne dann zögerlich:

»*Oui. Très bien. Champère est fantastique …*«

Da ich nicht weiterweiß, springt Luc ein und stellt den Erfolg der bisherigen Kampagne auf Französisch vor.

Camille hat mit ihrer Sprachforderung bekommen, was sie wollte: Ich habe mich blamiert.

Können wir jetzt vielleicht endlich reden?

Nach dem Meeting fange ich sie vor dem Aufzug ab.

»Camille, können wir was essen oder trinken gehen? Ich möchte es dir erklären.«

Sie antwortet irgendwas, sehr schnell, auf Französisch, immer noch mit diesem falschen Lächeln, das mir überhaupt nicht behagt. Es ist schrecklich kalt. Geradezu eisig. Mir läuft ein Schauer über den Rücken.

Ich bitte sie, das Gesagte zu wiederholen. Aber die Aufzugtür schließt sich, und sie ist weg. Stattdessen steht Sylvie plötzlich hinter mir und übersetzt:

»Sie hat gesagt: In welcher Sprache auch immer, sie wird Ihnen nie wieder ein Wort glauben.«

»Oh. Das ist nicht gut. Haben Sie vielleicht einen Rat für mich?«

Sylvie kennt sich schließlich aus mit komplizierten Beziehungen. Sie ist mit Laurent G. verheiratet, hatte aber eine Affäre mit Antoine, der auch noch der Mann ihrer besten Freundin ist. Sie ist sozusagen Expertin auf dem Gebiet!

»Lernen Sie Französisch. Das wäre ein Anfang«, antwortet sie.

Das versuche ich ja schon die ganze Zeit. Aber diese verflixte Sprache und ich, wir verstehen uns einfach nicht.

Also soll ich jetzt gar nichts tun? Das ist überhaupt nicht meine Art!

Sitzen geblieben

Ich hatte echt schon bessere Tage. Auf einer Liste der schlimmsten Tage meines Lebens würde es der heutige problemlos in die Flop Ten schaffen, gleich hinter der Party des Grauens. Camille hat mich zwar nicht angeschrien oder beschimpft. Aber ich glaube, das wäre mir sogar lieber gewesen als diese schroffe Abgeklärtheit. Hätte sie ihre Wut rausgelassen, hätten sich die Gemüter danach vielleicht ein wenig beruhigt. Aber sie ist die reinste Eiskönigin.

Ich weiß zwar nicht, wie ich das mit ihr wieder geradebiegen soll, aber an meinem Französisch kann ich immerhin arbeiten. Schließlich gehe ich zum Sprachkurs.

Bald werde ich Molières Sprache so gut beherrschen, dass die Leute auf der Straße sagen werden: »Nein, Sie sind Amerikanerin? Das hört man gar nicht!«

Bald werde ich perfekt und akzentfrei *Camembert* und *pain au chocolat* aussprechen können. Jawohl.

Na ja, träumen darf man ja. Aber jedenfalls mache ich Fortschritte. Heute komme ich nämlich in den Stufe-zwei-Kurs. Yay!

Beschwingt und ein wenig stolz steuere ich auf den neuen Klassenraum zu, doch dann hält mich die Stufe-eins-Lehrerin zurück.

»Nein, nein, nein, Emily. Hier ist Ihr Kurs. Ich freue mich, Sie wiederzusehen.«

Wie jetzt?

»Ich dachte, ich bin jetzt bei Madame Levrac, Stufe zwei.«

»Ihre Klassenkameraden ja, Sie nicht.«

What? Ich verstehe gar nichts mehr.

»Aber wieso? Ich bin noch nie sitzen geblieben. In gar nichts.«

»Tja, Emily, für alles gibt es ein erstes Mal.«

Na toll, auf dieses erste Mal hätte ich gut verzichten können. Ich hasse es, etwas nicht zu schaffen. Das macht mich wahnsinnig! Aber was soll ich tun? Enttäuscht gehe ich zu den neuen Schülern im Stufe-eins-Kurs. Ich will mich gerade allein an einen Tisch setzen, um in Ruhe meine Schande verdauen zu können, da sagt die Lehrerin:

»Bevor wir anfangen, suchen Sie sich bitte einen Partner. Sie werden sowohl im Kurs als auch außerhalb nur Französisch miteinander sprechen.«

Ich bin ja eine brave Schülerin, also gehe ich zu

einem Typ, der allein an einem Tisch sitzt und an seinem Handy klebt.

»*Bonjour. Je m'appelle Emily. Je viens de Chicago*«, stelle ich mich vor. »*D'où viens-tu?*«

»Alfie. London«, antwortet er, ohne sich die geringste Mühe zu geben, es auch nur ansatzweise französisch klingen zu lassen.

Er schaut sich im Raum um, so als würde er einen anderen freien Platz für mich suchen.

Okay, Botschaft angekommen.

Der Typ sieht zwar ziemlich gut aus, aber ich habe schließlich meinen Stolz – auch wenn davon in letzter Zeit nicht mehr viel übrig ist. Wenn er meine Gesellschaft nicht will, dann halt nicht. Außerdem bin ich hier, um Französisch zu lernen, und darauf scheint der ja keine Lust zu haben.

Also gehe ich zu einer anderen Schülerin, einer fröhlich lächelnden Blondine, und rattere wieder mein Sprüchlein herunter.

»*Bonjour*«, antwortet sie sogleich und steht sogar auf. »*Je m'appelle Petra. Je viens de Kiev.*«

»Oh, *enchantée*, Petra.«

Ein freundliches Gesicht, ein Lächeln, das von Herzen kommt – nicht so ein eisiges Vampirgrinsen wie das von Camille –, genau das habe ich gebraucht.

Es lebe der Lauch!

Am nächsten Tag gehe ich etwas leichteren Herzens zur Arbeit. Mindy wurde von zwei Jungs entdeckt, die eine Band haben, und die haben sie gefragt, ob sie ihre Sängerin sein will.

Juchhu! Dann muss Mindy nicht länger Dame Pipi spielen. Das erleichtert mich sehr. Denn ein Talent wie sie hat wirklich nichts auf der Toilette verloren!

Ich freue mich sehr für sie, und diese gute Nachricht ist Balsam für meine Seele. Sie zeigt wieder einmal, dass man niemals aufgeben darf, egal in welchem Lebensbereich. Eines Tages werde ich besser Französisch sprechen und mich mit Camille versöhnen.

Eines Tages.

Und dann werde ich die glücklichste aller Amerikanerinnen in Paris sein!

Als ich im Büro ankomme, höre ich ein Gespräch zwischen Sylvie und Luc mit. Ich verstehe nicht viel, aber offenbar geht es um Champère. Überrascht drehe ich mich um. Champère ist doch mein Kunde!

»Sprechen Sie da gerade über Champère?«

»Ja«, antwortet Sylvie. »Camille hat einige Anmerkungen zu Ihrer Kampagnenplanung.«

»Warum habe ich diese E-Mail nicht bekommen?«, frage ich.

»Es war keine E-Mail«, antwortet Luc betreten. »Es war ein Anruf.«

Ob mündlich oder schriftlich, Camille besteht jetzt offenbar auf französischer Kommunikation. Laut Sylvie ist das ihr gutes Recht als unsere Kundin.

Und offenbar ist es auch ihr gutes Recht, mich aus der Kampagne zu drängen. Camille hat sich gerächt. Nicht mit Schere oder Tacker, nein, auf viel hinterlistigere Weise. Ich habe mit ihrem Freund geschlafen, und sie schmeißt mich aus dem Champère-Projekt. Aus *meinem* Projekt. Und das alles unter dem Vorwand, dass ich kein Französisch spreche und deshalb der Marke nicht gerecht werden kann.

Dabei hat das mit meinem Französisch gar nichts zu tun, sondern nur mit mir! Dass sie mich persönlich angreift, könnte ich ja verstehen. Aber hier geht es um meine Arbeit!

Ich lasse mir dieses Projekt nicht wegnehmen, zumal ich schon das von Pierre Cadault verloren habe.

Ich nehme einen letzten Anlauf, um Sylvie zu überzeugen, doch sie schneidet mir das Wort ab.

»Nein, Sie können sich da nicht rausreden. Dazu fehlt Ihnen das *vocabulaire!*«

Dann geht sie in ihr Büro und lässt mich stehen.

»Vielleicht brauche ich einen Nachhilfelehrer, damit ich schneller lerne«, sage ich zu Luc.

»Dann lass uns heute ins Kino gehen und einen französischen Klassiker ansehen. Das ist perfekt, um schneller zu lernen!«

Ach, das ist aber lieb von ihm. Während ich noch freudig zusage, ruft Julien Sylvie zu:

»Die *Poireau*-Leute sind da.«

Sie kommt aus ihrem Büro gestürzt.

»Was? Ich dachte, wir hätten denen abgesagt.«

»Ich habe es versucht, aber die sind echt hartnäckig«, sagt Julien entschuldigend.

Sylvie seufzt resigniert.

»Poireau?«, frage ich. »Diese Marke kenne ich nicht. Sind das Lederwaren?«

»Nein«, antwortet Julien. »*Poireau* heißt Lauch.«

»Ja, und Savoir vermarktet kein Gemüse«, fügt Sylvie hinzu.

Ja, das leuchtet mir ein. Mit Mode hat das wenig zu tun. Und ein Parfüm ist es auch nicht. Dabei würde das doch ganz gut klingen: »*Poireau,* der neue herbe Duft!«

»Können die überhaupt unsere Preise zahlen?«, will Sylvie wissen.

»Wahrscheinlich. Die Lauchlobby in Frankreich ist sehr mächtig«, erklärt Julien.

Da dreht Sylvie sich zu mir um.

»Nun, Emily, nachdem Sie Pierre Cadault so verschreckt und Champère mit Ihrem Privatleben behelligt haben, können Sie sich jetzt mit dem Lauch rehabilitieren. Viel Glück!«

Ob Lauch, Leder oder Parfüm, es geht nicht um das Produkt, sondern um den Enthusiasmus, den man in eine Kampagne steckt! Schließlich habe ich auch ein Scheidenzäpfchen erfolgreich vermarktet, da macht mir ein Gemüse doch keine Angst.

Es lebe der Lauch!

Aber … vielleicht sollte ich ihn trotzdem erst mal probieren.

Lauch mal anders

Lauch, Lauch, Lauch … Ich kann an nichts anderes denken! Lauch, Lauch, Lauch … Die Kunden möchten das Gemüse, das ihrer Meinung nach völlig unterschätzt wird, in den USA vermarkten. Das ist der perfekte Job für mich! Jetzt brauche ich nur noch eine geniale Idee. Deshalb habe ich nach der Arbeit eine Tüte Lauchstangen gekauft. Jetzt will ich damit etwas kochen, um Inspiration zu bekommen.

Allerdings habe ich überhaupt keine Ahnung von Lauch. Kocht man ihn in Wasser, oder isst man ihn roh im Salat? Vom Geruch her erinnert er ja an Zwiebeln, also ist Kochen wahrscheinlich die bessere Variante.

Auf dem Weg nach Hause treffe ich Gabriel, der vor seinem Restaurant steht und nachdenklich die Fassade betrachtet.

»Wie findest du die neue Farbe?«, fragt er.

Hm, ich bin zwar keine Farbexpertin, aber für mich ist es immer noch dasselbe Bordeauxrot wie vorher. Vielleicht ist es nur eine minimale Nuance?

»Wie war es denn vorher?«

»Genauso«, antwortet er. »Ich streiche es in derselben Farbe neu. Also könnte ich es auch ›die alte Farbe‹ nennen.«

Er wirkt irgendwie merkwürdig, müde. Und ich habe so eine Ahnung, dass das nichts mit der Farbe zu tun hat. So habe ich ihn noch nie erlebt.

»Geht es dir gut?«, frage ich besorgt.

»Ich schlafe in letzter Zeit nicht sehr gut. Ich drücke mich vor Entscheidungen. Und die Arbeiter hier wollen ständig schnelle Entscheidungen von mir.«

Sein Blick fällt auf meine Tüte mit dem Lauch.

»Du machst eine Lauchquiche?«

»Oh, der dient der Inspiration. Ich plane eine Marketingkampagne für die USA.«

Er lächelt mich an. Hach, wie liebe ich dieses Lächeln. Und wie er mich ansieht!

»Weißt du, Lauch ist kein Gemüse, das mit starkem Eigengeschmack auftrumpft. Er ist subtil. Schwer zu fassen. Und so missverstanden.«

Als Gabriel mir seine Hilfe anbietet, schrillen in meinem Kopf die Alarmglocken. Lauchsalat als Vorspeise, Lauchquiche als Hauptgericht, und was gibt es dann zum Nachtisch? Einen verbotenen Crêpe mit Stangenlauch?

Achtung! Gefahr! Gefahr!

»Ähm, ich glaube, wir beide sollten lieber keine

Zeit miteinander verbringen. Außerdem bist du ja sehr beschäftigt mit dem Restaurant«, sage ich also standhaft.

»Bitte, gönne mir eine Pause vom Keine-Entscheidungen-Treffen.«

Jetzt lächelt er schon wieder so. Strahlt mich aus seinen blauen Augen an. Wie soll ich da widerstehen? Es ist unmöglich. Außerdem habe ich ja keine Ahnung von Lauch, ein bisschen Hilfe könnte ich schon gut gebrauchen. Also gehe ich mit Gabriel in seine Wohnung und schaue ihm beim Kochen zu.

Wir sehen uns an, lächeln uns zu … Manchmal hebt er den Kopf, und ich habe das Gefühl, mich in seinen Augen zu verlieren. Ich bin so gerne mit ihm zusammen, auch wenn es verboten ist. Als er mir den fertig angerichteten Teller präsentiert, bin ich hin und weg. Er hat ein Stück Lauch auf einem Klecks Lauchcreme drapiert, es mit grünen Kräutern und Lachskaviar dekoriert und mit etwas Soße beträufelt.

Ein Augenschmaus!

Und ziemlich sexy. So wie Gabriel.

»Lauch hat großes Verwandlungspotenzial«, erklärt er. »Er braucht nur Zeit. Man muss seinen Geschmack hervorkitzeln. Dafür lässt man ihn am besten auf kleiner Flamme langsam garen. Hast du die Geduld dazu?«

»Klar, ich bin die Geduld in Person!«

Das lässt ihn schmunzeln.

»Du hetzt immer durch die Gegend, mit einem Cof-fee-to-go in der Hand.«

Ja, na gut, er hat recht. Aber ich kann dennoch ganz langsam sein Gericht genießen – und dabei fast in Ohnmacht fallen. Ich habe noch nie etwas so Köst-liches gegessen. Also, abgesehen von Gabriels Ome-letts. Und Gabriels Steaks. Alles, was er zubereitet, ist zum Dahinschmelzen.

So wie er.

»Oh, wow. Das ist grandios«, sage ich schließlich. »Ich habe dir zwar die ganze Zeit zugesehen, aber ich habe keine Ahnung, wie du das gemacht hast.«

Bevor ich völlig ins Schmachten gerate, bekomme ich zum Glück eine Nachricht von Petra aus dem Französischkurs. Ich hatte vergessen, dass wir verab-redet sind! Als ich mich zur Tür wende, fragt Gabriel:

»Wie war eigentlich dein Meeting mit Camille?«

»Sie hat sich geweigert, mit mir zu sprechen. Sie hat mich aus ihrem Leben und aus der Champère-Kam-pagne gestrichen. Also eher mies.«

»Dann lass es vielleicht einfach.«

Dieser Satz bringt mich auf die Palme. Ich habe eine Freundin, die mir sehr wichtig ist, tief verletzt. Das kann ich doch nicht »einfach lassen«!

»Ich bin kein Lauch, Gabriel! Ich bin eine Frau aus Chicago, die sich nicht einfach so in eine Person verwandelt, die mit dem Freund ihrer Freundin schläft und der das dann scheißegal ist!«

»Ja, du hast recht. Entschuldige. Ich würde dir nur gern irgendwie helfen.«

»Das kannst du.«

»Wie denn?«

»Sag Camille, dass unsere gemeinsame Nacht nichts zu bedeuten hatte.«

Gabriel schaut mich einen Augenblick lang schweigend an. Dann sagt er:

»Ich weiß nicht, ob ich das kann. Denn das wäre gelogen.«

Ja, natürlich wäre das gelogen. Aber ich sehe keine andere Lösung.

Petra und Les Misérables

Petra und ich schlendern durch die belebten Straßen, mit To-go-Becher in der Hand – Gabriel kennt mich einfach zu gut. Wie es uns unsere Lehrerin geraten hat, unterhalten wir uns auf Französisch. Das heißt, wir versuchen es. Aber wir geben uns wirklich Mühe! Und das Wichtigste ist doch, dass wir uns verstehen.

»Ah, *tu sens*«, sagt Petra und schnuppert an mir.

Wie, ich rieche? Ah, sie meint bestimmt mein Parfüm. Ich versuche, ihr verständlich zu machen, dass das der Duft *De l'Heure* ist, von meinem Kunden bei Savoir. Und dass ich das Parfüm gratis bekommen habe.

»*Gratuit?*«, hakt Petra nach.

»*Je n'ai pas payé*«, erkläre ich.

Das scheint sie zu verstehen. Ihre Augen leuchten auf.

»*J'adore gratuit. Nous faire shopping?*«

Ja, ich gehe auch gern shoppen. Und zum Glück ist das Wort ziemlich international.

Wir gehen in das geschichtsträchtige Pariser Luxuskaufhaus La Samaritaine. Es ist ein Riesenspaß, lauter Markenklamotten, Sonnenbrillen und Hüte anzuprobieren. Dann reicht Petra mir eine schicke rosa Handtasche.

»*C'est très joli*, aber auch *très cher*«, sage ich und will sie ihr zurückgeben. Doch Petra hängt mir die Tasche um und sagt in ernstem Ton:

»*J'adore gratuit.*«

Na, klar, wer bekommt nicht gern etwas geschenkt?

»*Oui, j'adore gratuit*«, bestätige ich also.

Was sie eigentlich mit diesem Satz sagen will, verstehe ich erst, als sie mich zum Nebenausgang hinausschiebt. Mit Luxusartikeln behängt, aber ohne zu bezahlen! Und Petra rennt einfach lachend davon. Panisch versuche ich, sie einzuholen. Ich kann nicht glauben, was gerade passiert ist!

»Warte«, rufe ich, als wir an der Seine ankommen. »Wir können die Sachen nicht klauen. Wir müssen sie zurückbringen!«

Petra scheint nichts zu verstehen. Ich versuche es noch mal auf Französisch. Da hört sie auf zu lachen und redet auf Ukrainisch auf mich ein. Ich reiße ihr den Hut vom Kopf und will ihr auch die anderen Klamotten wegnehmen. Es ist ein richtiger Kampf. Diese ganze Situation ist total absurd!

»Kennst du denn nicht die Geschichte von Jean Val-

jean, der ein Baguette geklaut hat?«, frage ich aufgebracht. »Hast du nie *Les Misérables* gesehen?«

Also echt, glaubt die etwa, ich hätte Lust, ins Bagno
geworfen zu werden und den lieben langen Tag Steine
zu klopfen? Und Jean Valjean hatte nur ein Stück Brot
geklaut. Wie sähe wohl die Strafe für den Diebstahl
von megateuren Markenartikeln aus? Guillotine?
Kopf ab?

Ich habe auch so schon genug Probleme in meinem
Leben.

Beweisstück: Shampoo

Zu meiner großen Erleichterung werde ich nicht ins Bagno gesteckt. Die Leute von La Samaritaine waren sehr nett, als ich ihnen erklärt habe, was passiert ist. Nämlich, dass ich keine Ahnung hatte, was Petra mit *J'adore gratuit!* meinte. Ich glaube, sie haben es verstanden. Oder sie hatten einfach keine Lust, sich weiter anzuhören, wie ich mir auf Französisch etwas zusammenstottere, und haben mich deshalb gehen lassen. Das wäre auch möglich.

Nach dieser aufregenden Shoppingtour, die ich so schnell nicht vergessen werde, verbringe ich einen weit ruhigeren Abend mit Luc im Kino. Ich weiß zwar nicht, warum wir ausgerechnet den Film *Jules et Jim* sehen müssen, in dem es um eine Dreiecksbeziehung geht, aber wenigstens bringt mich das auf eine Idee: Ich werde Camille einen Brief schreiben. Luc meint, dass man besser verstanden wird, wenn man seine Gefühle aufschreibt. Das ist doch mal eine gute Lösung!

Aber als ich heute Morgen Mindy von dieser Idee erzähle, scheint sie alles andere als begeistert zu sein.

»Du willst Camille einen Brief schreiben, auf Französisch?«

»Das schaffe ich schon«, antworte ich.

Da verschwindet sie im Bad und kommt mit meiner Shampooflasche zurück.

»Ich wollte dir schon länger mal sagen, dass du Hundeshampoo benutzt.«

»*What?* Wirklich?« Ich betrachte die Flasche.

»Ich kann das Etikett nicht lesen. Woher soll ich das dann wissen?«

»Es ist ein Hund drauf«, sagt Mindy trocken.

»Und eine Frau, die den Hund hält. Und die hat glänzendes Haar.«

»Ja, und der Hund auch!«

Okay, *touché*. Wenn ich nicht mal in der Lage bin, ein französisches Shampoo-Etikett zu lesen, wie soll ich dann einen ganzen Brief verfassen?

Mindy kann mir nicht dabei helfen, da sie heute ihren ersten Gig mit der Band hat. Ich wäre gern dabei, muss aber arbeiten. Aber ich weiß auch so, dass Mindy der absolute Hammer sein wird. Und ich hoffe, dass ihre Karriere jetzt richtig in Schwung kommt!

Nur muss ich meinen Brief wohl alleine schreiben.

Und ich brauche ein neues Shampoo!

Abwarten und Brief schreiben

Im Büro arbeite ich … an meinem Brief. Ich komme nicht wirklich voran. Mündlich kann ich mich ja inzwischen irgendwie durchmogeln, aber schriftlich? Wahrscheinlich liegt es auch am Thema. Es steht so viel auf dem Spiel! Ich möchte so gern, dass Camille mich versteht. Gabriel hat mit ihr geredet, aber es ist wohl nicht gut gelaufen.

Ich muss mir Hilfe holen!

»Julien«, rufe ich quer durchs Büro, »wie sagt man: ›Ich wusste nicht, dass er dein Freund ist, als ich ihn geküsst habe‹ auf Französisch?«

»Und als du mit ihm geschlafen hast, wusstest du es da auch nicht?«, ist seine sarkastische Antwort. »Frag Google Translate, Emily.«

Okaaay. Er will mir wohl nicht helfen. Also probiere ich es bei Sylvie.

»Darf ich Ihnen eine sprachliche Frage stellen?«

»Wenn es sein muss«, sagt sie und verdreht die Augen.

»Ist *Je suis triste que je suis coquin* grammatikalisch korrekt?«

»In Ihrem Fall ist es passend«, antwortet sie.

Ha, super! Meine gemeine Französischlehrerin wird sich noch umgucken!

Ich formuliere meinen Brief in einfachen Sätzen zu Ende. Ich hoffe, es sind nicht allzu viele Fehler drin. Was ich sagen will, klingt jedenfalls ungefähr so:

Liebe Camille,

Es tut mir sehr leid, dass ich dich verletzt habe.
Du hast mich in Paris willkommen geheißen.
Ich bin glücklich, deine Freundin zu sein.
Glaubst du mir, dass ich dich vermisse?
Ich mag dich sehr, Camille.
Ich bin traurig, dass ich so gemein war.
Ich verstehe, dass du enttäuscht bist.
Ich möchte so gern mit dir reden, bitte höre mir zu.
In Liebe
Emily

Ein poetisches Meisterwerk ist es wohl nicht. Aber ich habe viel Herzblut und all meine Französischkenntnisse in diesen Brief gesteckt. Das muss Camille einfach berühren! Ich schicke den Brief in einem Savoir-Umschlag zu ihr in die Galerie. Jetzt kann ich nur noch abwarten.

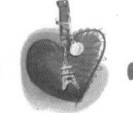

Lauchiger Zaubertrank

So, da das mit dem Brief erledigt ist, konzentriere ich mich jetzt auf das *Poireau*-Meeting. Von Gabriels Kochkünsten inspiriert, habe ich mir folgenden Slogan ausgedacht: »So schicken Lauch will ich auch!« Reime sind immer gut. Dazu gibt es dann Fotos von Models in Haute Couture. Den Kunden gefällt meine Präsentation aber leider gar nicht. Und dann kommt Sylvie, und alle sind von ihrer Idee begeistert: magische Lauchsuppe, ein Geheimrezept zum Abnehmen!

Denn offenbar wissen die Franzosen besser, was wir Amerikaner mögen, als wir selbst. Angeblich lieben wir Diäten und »kleine Tricks«. Und wir wollen immer alles so schnell und einfach wie möglich und nehmen dafür gern eine Abkürzung.

Also, mal ehrlich, und mir wirft man vor, ich hätte Vorurteile?!

Aber die Kunden sind zufrieden. Kalter Lauchsaft aus der Flasche – das ist das neue Produkt. Meinetwegen. Ist ja nicht so, als würden die guten Nachrichten momentan nur so auf mich einprasseln. Ich nehme, was ich kriegen kann.

Nach dem Meeting bringt ein Bote Sylvie einen Brief.

»Oh, ist der für mich?«, frage ich gespannt.

»*Oui.* Von unserer Kundin, Camille«, antwortet sie und öffnet ungeniert meinen Brief. »Oh, auf Französisch. Ich übersetze für Sie: ›Emily, ich verstehe nicht, warum du das getan hast, und von deinem Brief verstehe ich auch kein Wort. Lass mich in Ruhe, du legasthenische Soziopathin! Camille‹.«

Ich stehe sprachlos da. Und Sylvie ist auch keine Hilfe.

»Ups, ups, ups«, kommentiert sie. »Das tut mir leid, Emily. Wenn man eine Freundin hintergeht, hilft leider keine Abkürzung, und auch kein Zaubertrank, ob mit oder ohne Lauch.«

Ja, der lauchige Zaubertrank bringt mich hier nicht weiter. So viel ist sicher. Aber was kann ich noch tun?

Nicht den Kopf verlieren

Ein weiterer schrecklicher Tag für meine Flop Ten. Momentan gibt es wohl gar keine anderen Tage mehr. Eigentlich geht schon, seit ich in Paris bin, ständig alles schief.

Trotz meiner Bemühungen habe ich eine Freundin verloren, die mir sehr viel bedeutet.

Zum Glück habe ich noch Mindy. Meine liebe Mindy, die heute eine ziemlich interessante Erfahrung gemacht hat. Sie wusste nicht, dass die beiden Jungs, die sie als Sängerin engagiert haben, eigentlich Straßenmusiker sind. Deshalb fand ihr »Gig« auch am Nachmittag statt. Das kam mir sowieso etwas seltsam vor. Mindy war überrascht, weil sie mit einem Konzert auf einer richtigen Bühne gerechnet hatte. Aber dann hat sie vor dem Brunnen auf dem Place Saint-Michel ein französisches Chanson gesungen – das war schon ein Erfolg – und dann den berühmten Pop-Song *All by myself* angestimmt. Dabei hat sich dann ein Pantomime eingemischt. Erst war Mindy irritiert, weil er sich in den Vordergrund gedrängt hat. Aber dann hat sie sich darauf eingelassen und mit ihm zusammengespielt. Und die Leute waren begeistert! Schade, dass ich das verpasst habe. Hoffentlich kann ich nächstes Mal dabei sein.

Mindy ist supertalentiert, das beweist sie immer wieder. Sie wird es schaffen, ihren Traum zu verwirklichen. Das weiß ich ganz sicher! Irgendwann wird ein Produzent auf sie aufmerksam. Und dann bin ich da, um mit ihr zu feiern!

Denn ohne Mindy wäre ich völlig verloren. Sie ist in den Wirren von Paris so etwas wie mein Kompass.

Das sind meine Gedanken auf dem Weg zum Sprachkurs. Als ich dort ankomme, ignoriere ich Petra geflissentlich. Es ist mir zu gefährlich, mich mit ihr abzugeben. Nachher lande ich wirklich noch unter der Guillotine. Aber ich habe nicht vor, wie Marie-Antoinette zu enden. Ich möchte meinen Kopf bitte behalten.

Statt mich neben Petra zu setzen, steuere ich also den einzigen anderen freien Platz an, neben *Alfie from London*.

Dieses Mal rückt er mir sogar den Stuhl zurecht.

»Ich wusste, du kommst wieder«, sagt er zur Begrüßung. Natürlich nicht auf Französisch.

Was meint er denn damit? Wusste er etwa, dass Petra auf *gratuit* steht? Da hätte er mich ja mal warnen können!

Oder findet er sich selbst so unwiderstehlich, dass er es für selbstverständlich hält, dass ihm die Frauen hinterherlaufen?

Pfff!

Na ja, er sieht nicht schlecht aus.

Bei genauerer Betrachtung ist er sogar ziemlich attraktiv.

Okay, ich geb's zu: Er ist heiß!

Aber da er sich nicht die Bohne für Französisch zu interessieren scheint, werde ich in seiner Gesellschaft wohl keine großen Fortschritte machen. Aber das ist immer noch besser als die diebische Petra.

Bei ihm werde ich nicht den Kopf verlieren, weder an die Guillotine noch aus Leidenschaft, wie bei Gabriel.

Mein Mann

Am nächsten Morgen treffe ich schon wieder Gabriel vor dem Restaurant. Es ist wirklich nicht hilfreich, dass er mein Nachbar ist und auch noch hier arbeitet. Jedes Mal, wenn ich ihn sehe, schlägt mein Herz höher. Jedes Mal muss ich ganz, ganz tief durchatmen, um anschließend ein gelassenes Gesicht aufsetzen zu können.

Das zwischen uns hätte niemals passieren dürfen. Aber das ist Schnee von gestern. Genau, das muss ich mir nur immer wieder sagen, dann glaube ich es bestimmt irgendwann selbst.

Also, einatmen, ausatmen, lächeln, und los!

»Emily!«, ruft Gabriel da auch schon. »Ich muss dir was zeigen. Mein erstes Menü!«

»*Oh my God!* Wie aufregend! Komm, ich mache ein Foto.«

Ich fotografiere ihn neben seiner Speisekarte. Er wirkt richtig glücklich. Und ich freue mich für ihn. Mit seinem Talent – das er mir durch sein Lauchgericht ja einmal mehr vor Augen geführt hat – wird er bald ganz Paris in sein Restaurant locken.

Da kommt Antoine aus dem Laden.

»Emily, perfektes Timing! Ich habe gerade mit Sylvie telefoniert. Und als Gefallen für Maison Lavaux wird Savoir die PR für die Restauranteröffnung machen. Sylvie überlässt Ihnen den Job. Also geben wir unser Bestes, damit Ihr Mann gute Presse kriegt.«

»Er ist nicht ›mein Mann‹«, sage ich schnell.

»Wir sehen uns morgen bei Savoir, um alles zu besprechen«, fügt Antoine noch hinzu und geht wieder hinein.

Was denn besprechen? Inwiefern Gabriel mein Mann ist, oder was?

Im Gegensatz zu mir scheint ›mein Mann‹ das Ganze aber gar nicht unangenehm zu finden.

»Du kennst meinen Arbeitsplatz, und jetzt lerne ich deinen kennen«, sagt er lächelnd.

Na, toll. Als wäre es nicht schon genug, dass ich ihm hier ständig über den Weg laufe. Jetzt muss ich ihn auch noch im Büro treffen.

Vielen Dank auch, Sylvie!

Aber vermutlich sollte ich mich trotzdem freuen, dass ich ein Projekt habe. In letzter Zeit habe ich ja eins nach dem anderen verbockt. Deshalb werde ich auf jeden Fall mein Bestes geben. Ich habe auch schon ein paar Ideen. Jetzt muss ich es nur noch schaffen, mit Gabriel darüber zu reden, ohne ihm zu verfallen.

So schwer kann es doch nicht sein, Berufliches und Privates zu trennen! Wie Erbsen und Möhren eben.

Mindy Supertrumpf!

Mein Arbeitstag beginnt mit einem Meeting mit dem Schmuckunternehmen Chopard. Savoir soll eine neue Kollektion promoten.

Luc stellt der eleganten Vertreterin der Marke unser Projekt vor.

»Bevor das *Bateau-Mouche* ablegt, gibt es einen Cocktailempfang für die Gäste. Dann folgt ein romantischer Abend mit Dinner und Tanz auf der Seine. Das ist der perfekte Start für Ihre neue Kollektion.«

Auf dem Bildschirm hinter ihm zeigt ein Video die Seine *by night* und dazu die Schmuckstücke der Happy-Hearts-Kollektion.

»Dann können die Gäste den Schmuck anprobieren und dabei die romantischste Stadt der Welt vom Wasser aus erleben«, fügt Sylvie hinzu.

»*J'adore*«, sagt die Kundin begeistert.

Währenddessen betrachte ich einen Armreif, den sie mitgebracht hat. *Happy hearts*, glückliche Herzen. Wie meines, als ich in Gabriels Armen lag …

Nein, das ist Schnee von gestern. Schluss, aus!

Ich konzentriere mich auf meinen Job.

»Diese Armreifen wären perfekt für den Valentinstag in Amerika«, schwärme ich.

»In Amerika ist die Romantik durchkommerzialisiert«, sagt Sylvie pikiert.

Aber ich lasse mir von ihr keinen Dämpfer verpassen und antworte – natürlich lächelnd:

»Stimmt. Der Valentinstag wird groß gefeiert. Und zwar vor allem dank großer Marketingfirmen, so wie unserer.«

Ha, ha! Savoir ist eine PR-Agentur, deren Ziel es ist, Produkte zu verkaufen. Es wäre scheinheilig, das Gegenteil zu behaupten. Und die Amerikaner mögen in den Augen der Franzosen ja viele Fehler haben, aber wenigstens sprechen sie offen über Geld und Geschäfte. Die Kundin ist auch meiner Meinung. Dann will sie noch wissen, welche Musik Luc für die Launchparty geplant hat.

»Musik?«, fragt Luc verunsichert und wendet sich an Julien. »Du bist doch mit den Künstlern in Kontakt.«

»Ich?«, wundert sich Julien.

Es folgt ein kurzes peinliches Schweigen. Offenbar wusste Julien nichts davon, dass er sich um die Musik kümmern sollte. Er setzt ein etwas verkrampftes Lächeln auf und sagt:

»Alles unter Kontrolle.«

Nach dem Meeting stürzt er sich sofort auf Luc.

»Die Musik war deine Aufgabe! Du wolltest einen DJ buchen!«

»Nein, ganz sicher warst *du* dafür verantwortlich!«, gibt Luc zurück.

Zu ihrem Glück ist ihre fast französische Kollegin – sprich ich – die Königin der guten Ideen.

»Hört auf, Jungs! Keine Panik. Wir machen einfach eine Playlist. *Put a Ring on It*, *Diamonds*, *Diamonds and Pearls* …«

»Super!«, sagt Luc. »Jetzt ist die Musik *deine* Aufgabe.«

Kein Problem. Denn ich habe ein super Ass im Ärmel. Ein Ass mit Megatalent: Mindy!

Sie freut sich bestimmt, bei der Party live zu singen.

Attraktiv und abgebrüht

Nach einem arbeitsreichen Tag gehe ich wieder zum Französischkurs. Ich freue mich, immer mehr neue Wörter zu lernen und die Aussprache des »r« zu üben. Man muss sich einfach vorstellen, man hätte einen Igel verschluckt.

Ich habe den Schock über mein Sitzenbleiben verdaut und bin jetzt doppelt motiviert. Ich schreibe mit, ich beteilige mich. Ich bin eine wahre Musterschülerin! Am Schluss der Stunde bekommen wir noch eine Sonderaufgabe für das nächste Mal. Jeder von uns soll eine kurze Vorstellung über seinen Sitznachbarn schreiben.

Okay, mal sehen, was ich über Alfie sagen kann. Er sieht gut aus. Ja, absolut attraktiv.

Gut, das war einfach.

Aber er ist auch irgendwie kühl. Oder nein, sagen wir, er wirkt etwas abgebrüht. So als hätte er null Bock, hier zu sein. Zum Beispiel legt er im Unterricht nie sein Handy weg.

Zum Glück gibt die Lehrerin uns ein paar Fragen mit auf den Weg:

»Wer ist Ihr Partner? Was macht er? Warum ist er in Paris?«

So sollen wir unseren Wortschatz vergrößern und gleichzeitig unsere Mitschüler besser kennenlernen.

Ich find's super! Am liebsten möchte ich gleich loslegen. Ich werde ein Porträt über Alfie schreiben, das die Kursleiterin und die anderen umhaut. Vielleicht bekomme ich sogar Applaus. Oder eine Medaille. Das wäre großartig!

»Wollen wir das jetzt machen?«, frage ich Alfie.

»Äh, wie bitte?«, fragt er verwirrt, er ist quasi schon auf dem Sprung.

Okay, er hat offensichtlich nicht zugehört. Zum Glück hat er eine Musterschülerin an seiner Seite!

»Die Hausaufgabe«, erkläre ich. »Wir sollen uns gegenseitig beschreiben.«

»Na gut«, sagt er seufzend. »Ich bin Engländer, wie gesagt. In London geboren und aufgewachsen. Ich mag Fußball und arbeite in einer Bank. Zufrieden?«

»Was machst du in der Bank?«

»Ich beschäftige mich mit Finanzdienstleistungen, die sich mit dem Brexit verändern.«

»Uff.«

»Klingt langweilig, ist aber ziemlich spannend«, antwortet er auf meine wenig begeisterte Reaktion.

»Ich habe nie richtig verstanden, was Brexit eigentlich bedeutet.«

»Das ist ein Kofferwort aus ›Britain‹ und ›exit‹.«

Haha, hält er mich für komplett bescheuert, oder was?

»Nein, wirklich?«, sage ich ironisch. »Ich meinte, wie sich das praktisch auswirkt.«

»Ich glaube, das weiß niemand so genau«, gibt Alfie zu.

»Megxit verstehe ich.«

Mein Witz bringt ihn zum Lachen. Ich hätte es nicht für möglich gehalten, aber wenn er lächelt, ist er *noch* anziehender. Wie viele Frauen diesem Lächeln wohl schon erlegen sind?

»Ja, das versteht wirklich jeder«, sagt er und steht dann auf. Dabei weiß ich doch noch viel zu wenig über ihn und er gar nichts über mich. Ich laufe ihm hinterher.

»Du hast mich noch gar nicht befragt!«

Er bleibt stehen und dreht sich zu mir um.

»Emily Cooper, Amerikanerin. Liebt Iced Latte, den Strand und schmökert gern in einem guten Buch. Und dein Sternzeichen ist Zwilling«, schließt er triumphierend.

»Ich? Zwilling?«, sage ich empört.

»Aber der Rest war richtig«, prahlt er.

Erstens nein, und zweitens: Ich will diese Aufgabe richtig erledigen. Ich will schließlich nicht mein Leben lang im Stufe-1-Kurs feststecken. Ich muss vorankommen, damit die Leute im Büro mich respektieren. Und damit die Blumenhändlerin in meiner Straße mich nicht mehr voller Unverständnis anstarrt, wenn ich mal Rosen kaufen will. Und ganz tief in meinem Herzen habe ich auch noch die leise Hoffnung, dass Camille mir verzeiht, wenn ich mich nur verständlich machen kann.

»Kannst du das bitte ernst nehmen?«, bitte ich Alfie. »Warum bist du überhaupt hier, wenn du keine Lust auf den Kurs hast?«

»Weil es leider eine Auflage meiner Firma ist. Aber niemand verlangt von mir, dass ich gut bin«, behauptet er herablassend und lässt den Blick durch den Unterrichtsraum wandern. »Das hier ist ja quasi das sprachliche Äquivalent zur Fahrschule.«

»Mir bedeutet dieser Sprachkurs etwas mehr«, antworte ich. »Und da du neben mir sitzt, wirst du dich ein wenig anstrengen müssen. Unten gibt es ein kleines Café, wir …«

»Nein«, unterbricht er mich. »Ich kann heute nicht. Und ich gehe nicht gern in Cafés. Für heute habe ich genug von Französisch.«

Mann, jetzt werde ich gleich richtig sauer! Wir haben wirklich nicht die gleichen Ansichten. Er gehört eindeutig nicht ins I-love-Paris-Team.

»Es tut mir leid, dir das sagen zu müssen, aber wir sind in Frankreich. Und die Leute hier reden nun mal Französisch.«

»Nicht alle«, widerspricht er. »Ich schreibe dir, wenn ich Zeit habe. *See you later,* Cooper.«

Pfff, er lässt mich einfach stehen. So ein eingebildeter ... Engländer!

Ich fürchte, unsere Zusammenarbeit wird kein Vergnügen.

Ich liebe Frankreich, er hasst es.

Wie sollen wir uns da je verstehen?

Aber vielleicht, ganz vielleicht, kann ich ihn ja überzeugen und in mein Team holen?

Meeting mit Risikofaktor

Heute kommt Gabriel in die Agentur, damit wir seine Eröffnung planen. Vorher poste ich noch das Foto von ihm mit der Speisekarte, mit der Unterschrift: »Das ist unser leckeres Menü.« Für mich sind die sozialen Medien der Schlüssel zum Erfolg. Wenn das Restaurant erst mal etwas bekannter ist, wird die meisterhafte Küche den Rest erledigen.

Kurz darauf schreibt Gabriel mir: »Willst du das wirklich posten?«

Ja, will ich. Natürlich ist nicht er das »leckere Menü«. Auch wenn ich zugeben muss, dass ich von ihm genascht habe. Und es war köstlich … Aber nein, das ist Schnee von gestern. Punkt.

Also schreibe ich: »Klar, ich finde es witzig.«

Prompt kommt die Antwort: »Das sieht man dir aber nicht an.«

Hein? Ich hebe den Kopf, und da steht er, keine drei Meter entfernt. Und mein Herz tut einen Sprung.

Schon wieder.

Was soll ich sagen? Mein Herz macht einfach, was es will.

Und ich hatte Gabriel erst später erwartet. Es ist etwas seltsam, ihn hier zu sehen. Normalerweise treffe ich ihn immer nur zu Hause oder im Restaurant.

»Hier arbeitest du also«, sagt er.

»Du bist früh dran.«

»Ja, ich bin etwas nervös«, gesteht er. »Diese Kampagne für meine Restauranteröffnung ist eine große Sache für mich.«

Hach, er ist so süß!

Er muss sich keine Sorgen machen, ich kümmere mich persönlich um ihn. Ähm, um sein Restaurant.

Dann ist es Zeit für das Meeting, und ich präsentiere Gabriel, Sylvie, Luc und Antoine meinen Plan. Wir haben sogar ein Logo kreiert, mit den Initialen von Chez Lavaux, denn letztlich hat sich Antoine mit seinem Namenswunsch durchgesetzt.

»Also zusammengefasst: Phase eins besteht in der Steigerung der Bekanntheit. Ich werde Inhalte aus dem Instagram-Account von Maison Lavaux – dessen Followerzahlen um dreißig Prozent gestiegen sind, seit ich ihn betreue – mit dem neuen Chez-Lavaux-Account verlinken. Das wird Interesse an der Restauranteröffnung wecken.«

Gabriel lässt mich während meiner Präsentation nicht aus den Augen. Und dabei lächelt er versonnen.

Wie soll ich denn unter solchen Umständen arbeiten? Das ist unmenschlich.

Er öffnet den Mund, als wollte er etwas sagen.

»Ja?«, frage ich.

»Äh, nichts. Es ist toll. Ich hatte nur noch nie … Egal, machen wir weiter.«

»Aber fassen Sie sich bitte kurz«, fordert Sylvie.

Sie hat recht. Je schneller ich fertig bin, desto schneller werde ich Gabriel und sein hinreißendes Lächeln los.

»Okay«, fahre ich zögernd fort. »Es ist ehrlich gesagt mein erster Restaurant-Account. Deshalb frage ich mich, was besser wäre: Eine ruhige Eröffnung, sodass die Küche sich warmlaufen kann, oder wollen wir mit einem Paukenschlag beginnen?«

»Bang!«, ruft Luc und schlägt mit der Faust auf den Tisch. Sylvie zuckt zusammen.

»Wir wollen die Gäste ja nicht zu einer General-probe einladen«, sagt Antoine.

»Ja, Sie haben recht«, stimmt Gabriel zu. »Das wäre langweilig.«

»Okay, dann ist es entschieden. Noch ein letzter Punkt: Wir müssen mehr Inhalte für die Netzwerke generieren. Gabriel, dafür würde ich dir gern ein biss-chen beim Kochen über die Schulter schauen.«

Ich halte den Atem an. Er und ich, allein in einer Küche. Das ist ein Spiel mit dem Feuer. Aber ich tue eben alles für meinen Job. Und Gabriel ist einverstanden, er sagt, ich sei ihm immer willkommen. Ich finde, er ist ein bisschen zu begeistert von der Idee.

Als wir den Konferenzraum verlassen, kommt Julien auf mich zu.

»Emily, vielleicht solltest du unsere Gäste über die hübsche Hintertreppe hinausgeleiten«, rät er mir.

»Und wieso?«, frage ich, den Blick auf mein Handy gerichtet.

Dann blicke ich hoch und verstehe. Camille und ihre Eltern sitzen im Empfangsraum. Mir bleibt fast das Herz stehen. Das darf doch nicht wahr sein! Was für ein Pech! Ich wünschte, ich könnte mich in einem Mauseloch verkriechen.

»Ha, ha, Gabriel!«, ruft Camilles Vater und umarmt den so Begrüßten, der hinter mir aufgetaucht ist. »Was machst du denn hier? Bist du zu Besuch aus der Normandie?«

Gabriel sieht erstaunt zu Camille hinüber. Offenbar hat sie ihren Eltern nichts erzählt.

»Äh, nein. Ich bin doch nicht in die Normandie gegangen. Dank Antoine habe ich jetzt ein Restaurant in Paris«, erklärt er und deutet auf seinen Wohltäter.

»Das ist ja fantastisch!«, freut sich Camilles Vater. »Ich bin stolz auf dich!«

»Jetzt verstehe ich auch, warum du auf unser Geld verzichten konntest«, stichelt Camilles Mutter.

Die Situation ist schrecklich unangenehm, für alle Beteiligten. Zu Hilfe!

Bevor Camille noch vor Eifersucht platzt, versuche ich zu erklären:

»Wir machen die PR für Antoines Unternehmen Maison Lavaux. Da lag es nahe, dass wir uns auch um das Restaurant kümmern.«

»Sehr nahe«, erwidert Camille sarkastisch.

Wenn Blicke töten könnten, dann wäre ich jetzt mausetot. Aber auch so ist Camilles Botschaft klar: »Dir verzeihe ich erst, wenn die Hölle zufriert!«

Kaffee mit Alfie

Nach diesem ereignisreichen Vormittag und der Begegnung mit Camille, auf die ich gern verzichtet hätte, wartet eine neue Mission auf mich: Ich will Alfie in mein I-love-Paris-Team holen. Das scheint sich allerdings extrem schwierig zu gestalten. Denn zum Mittagessen bestellt er mich in ein typisch amerikanisches *Diner*.

»Bravo, Alfie. Ich bin beeindruckt«, sage ich, als ich ankomme. »Du hast dir für unsere Französischhausaufgabe den unfranzösischsten Ort in ganz Paris ausgesucht!«

»Was soll ich sagen? Hier kann ich Kaffee bestellen, ohne mir dabei einen abzubrechen.«

Und das tun wir dann auch. Wir trinken Kaffee aus schönen großen Mugs, nicht aus französischen Mini-tässchen.

Und dann muss ich einfach fragen, warum er überhaupt in Paris ist, wenn er die Stadt so sehr hasst.

»Erstens wegen der Arbeit, wie schon gesagt«,

antwortet er. »Und zweitens hasse ich Paris nicht. Ich verstehe nur diesen Hype nicht. Paris ist ein Fantasiegebilde, und ich blicke eben hinter die Kulissen.«

Ich gebe alles, um meine Rolle als Paris-Botschafterin zu erfüllen: Paris ist nicht nur Fantasie. Paare verlieben und verloben sich hier. Es ist nicht umsonst »die Stadt der Liebe«.

Meine Argumente entlocken Alfie nur ein müdes Lächeln.

»Genau dieses Image ist frei erfunden«, behauptet er steif und fest. »Man verkauft uns die Stadt als Nonplusultra der Romantik, in Büchern, Filmen und auf Instagram. In Wahrheit erstickt man im Zigarettenrauch, tritt ständig in Hundescheiße, und an jeder Ecke wird einem Tourischrott angedreht.«

»Es ist ja auch eine ziemlich große Stadt«, wende ich ein.

»Ganz genau. Paris ist voller Verkehr, überteuerten Restaurants und Betrügern, wie jede andere Großstadt. Das Image von Paris ist eine Lüge. Die ganze Stadt ist nur Fassade. Aber die verkaufen sie gut.«

Er kann sagen, was er will, ich bleibe bei meiner Meinung.

Natürlich bin ich nicht komplett naiv. Ich kann auch hinter die Kulissen sehen. Ich weiß, dass in Paris vieles mehr Schein als Sein ist. Es gibt einige Viertel, die nicht so pittoresk und romantisch sind. Aber so ist es in Chicago auch, so ist es überall. Und es gibt auch wunderschöne Ecken, und die Atmosphäre ist einfach … besonders. Und einzigartig!

Wenn ich Paris weiterhin durch eine rosarote Brille betrachten will, ist das schließlich mein gutes Recht. Das sage ich auch Alfie:

»Ich denke, das ist alles Ansichtssache.«

Alfie wirkt nicht gerade überzeugt. Heute werde ich ihn wohl nicht für mein Team gewinnen. Aber ich gebe nicht auf!

Eines Tages kriege ich ihn rum, darauf könnt ihr wetten!

Doch vorerst nehmen wir unseren Kaffee *to-go* und verlassen das *Diner*.

»Das Konzept der ›Stadt der Liebe‹ war wohl die Erfindung einer amerikanischen Marketingagentur«, erzählt Alfie, als wir draußen sind.

»Alfie, ich arbeite für eine amerikanische Marketingagentur.«

Das scheint ihn zu überraschen. Was denn? Sehe ich nicht wie eine PR-Tante aus, oder was?

»Echt jetzt? Und ich dachte, du wärst ein typisches amerikanisches Girl, das bei einem Auslandsjahr seine Fantasie auslebt.«

»Ich bin Marketingbeauftragte für Luxusprodukte. Und im Moment organisiere ich ein Event für Chopard, das genau auf die berühmte Pariser Romantik setzt.«

Er bedenkt mich wieder mit seinem ironischen Lächeln.

»Jedes deiner Worte bestätigt meine Ansicht.«

»Ist es denn so schlimm, wenn Marketing sich die Romantik zunutze macht? Man kann Romantiker und Realist zugleich sein. Das widerspricht sich nicht. Mein Job ist, dabei die richtige Balance zu finden. Eine *Bateau-Mouche*-Party für Chopard …«

»*Bateau-Mouche?*«, sagt Alfie belustigt. »Das gilt heutzutage als romantisch?«

Ja, absolut! Bevor ich etwas sagen kann, bekommt er eine Nachricht.

»Sorry, Schatz, ich muss ins Büro.«

Schatz? Für wen hält er sich? Und was ist mit unseren Hausaufgaben? Meint er etwa, *ich* hätte nichts Besseres zu tun?

»Ich habe auch einen Job!«

»Ja, auf einem Liebesboot. Viel Erfolg!«

Und schon ist er wieder weg.

»Morgen habe ich Zeit«, sagt er noch, bevor er ins Taxi steigt.

»Ich aber nicht! Dann musst du zum *Bateau-Mouche* kommen.«

Alfie versteht das wohl als Einladung für die Party. So war das nicht gemeint. Aber egal, vielleicht ist es ja auch gut so. Wie kann man jemanden besser von Paris' romantischer Seite überzeugen als bei einer nächtlichen Fahrt über die Seine?

Ich werde ihm schon zeigen, dass er eine ganz falsche Vorstellung von dieser Stadt hat.

Und auch, dass ich viel mehr draufhabe, als Fahrten auf »Liebesbooten« zu organisieren. Pfff!

Hochriskante Küchenmission

Am Nachmittag filme ich Gabriel in der Restaurantküche beim Gemüseschnippeln. Und es passiert nichts. Rein gar nichts. Ich mache meinen Job, und das war's. Es ist gar nicht so risikoreich, wie ich dachte.

»War das gut so?«, fragt er, als ich das erste Filmchen beende.

»Na ja, ein bisschen lockerer wäre nicht schlecht. Und lächle vielleicht?«

»Beim Kürbisschneiden zu lächeln ist irgendwie komisch.«

Ich glaube ja, dass er sich – wie viele Leute – einfach vor der Kamera nicht wohlfühlt. Also fordere ich ihn auf, noch einen Schluck Wein zu trinken. Das tut er. Und ich auch.

Ich muss mich schließlich auch entspannen. Diese Videosession macht mich nervös. Ich habe das Gefühl, auf rohen Eiern zu laufen. Eine falsche Bewegung – eine bestimmte Geste, ein zu tiefer Blick –, und wer weiß, was dann passiert? Nachher fallen wir wieder

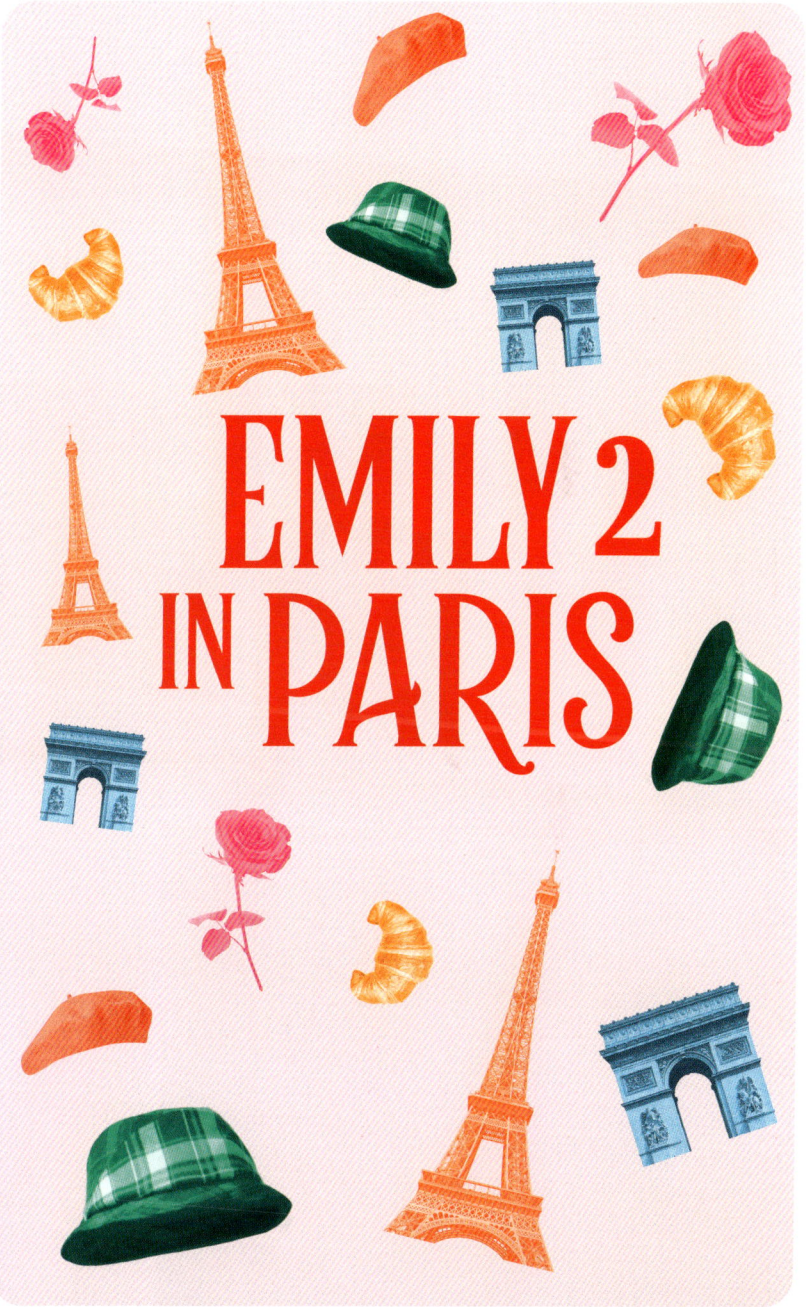

Ich glaube, ich habe endlich
meinen Platz in Paris gefunden.
Niemand nennt mich mehr
»La Plouc«. Und manchmal sage
ich schon »Oh là là!« statt
»Oh my God!«.
Das ist ein Zeichen, oder?

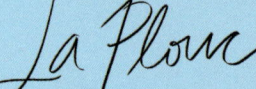

EMILY COOPER

Mindy und ich sind in inniger Freundschaft verbunden. Mit Camille ist es allerdings etwas komplizierter. Denn Gabriel steht zwischen uns. Ich wollte meinen Crêpe ja nicht teilen, aber nun ist es passiert. Gabriel ist einfach so unwiderstehlich!

#oh crepe

You're in Paris

MINDY CHEN

Das Beste ist, dass Mindy sich endlich traut, vor Publikum zu singen! Sie tritt in einem Drag-Club auf. Und, na ja, sie arbeitet da auch als *Dame Pipi* (ja, das gibt es wirklich!), aber was soll's.

fashion is TRASH

The French are Romantics but they're also Realists

Schluss mit *Dame Pipi!* Mindy ist zwei Musikern aufgefallen, sie haben sie in ihre Band aufgenommen. Und zwischen ihr und dem schönen Benoît bahnt sich etwas an! Tolle Karriereaussichten und eine romantische Liebesgeschichte – Mindy ist endlich glücklich. Ich freue mich so für sie!

Ach, Camille! Wegen einer verflixten Pfanne hat sie herausgefunden, dass ich mit Gabriel geschlafen habe. Ja, ich weiß, das war nicht cool von mir, und es tut mir so, so leid! Ich würde alles tun, damit sie mir verzeiht.

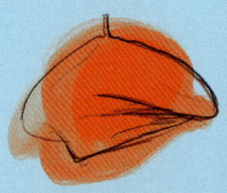

It's like wearing poetry

CAMILLE

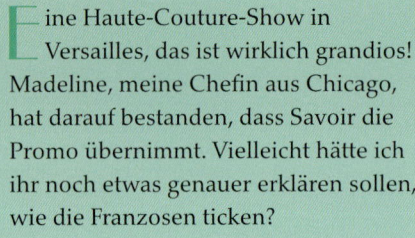

Eine Haute-Couture-Show in Versailles, das ist wirklich grandios! Madeline, meine Chefin aus Chicago, hat darauf bestanden, dass Savoir die Promo übernimmt. Vielleicht hätte ich ihr noch etwas genauer erklären sollen, wie die Franzosen ticken?

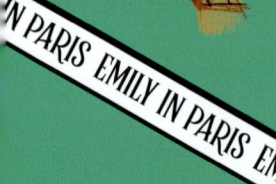

EMILY IN PARIS EMILY IN PARIS EMILY IN PARIS

SYLVIE GRATEAU

I feel like I'm dreaming and I'm about to wake up

S eit meiner Ankunft in Paris habe ich Erstaunliches über Sylvie erfahren. Zum Beispiel, dass sie verheiratet ist, und zwar mit Laurent G. (das G. steht für Grateau!), und dass sie Croissants mitbringt, wenn sie glücklich ist.
Eine starke Frau und brillant noch dazu, sie ist der absolute Hammer!

übereinander her wie ausgehungerte Touristen über einen Crêpe in Montmartre!

Wir machen also weiter, Gabriel schnippelt und brutzelt, ich filme. Und zwischendurch schenken wir uns wieder Wein nach.

Als wir die Videos anschauen, besteht Gabriel darauf, dass ich eine besonders witzige Szene lösche.

»Ich sehe lächerlich aus«, sagt er.

»Nein. Du siehst toll aus. Das wird ein Hit. Du musst mir vertrauen.«

Er möchte mir das Handy wegnehmen, doch ich verstecke es hinter meinem Rücken.

Er verfolgt mich durch die Küche. Wir lachen.

Und dann lachen wir nicht mehr.

Wir stehen uns dicht gegenüber. Wir schauen uns tief in die Augen.

»Hast du alles bekommen, was du wolltest?«, fragt er.

Alles, was ich wollte … In diesem Augenblick schaltet sich mein Gehirn aus. Ich kann nur noch an Gabriels Lippen denken, an seine Hände, seine Haut. Und auch wenn er nicht auf dem Menü steht, stürze ich mich gierig auf ihn.

Wir küssen uns.

Dann hebt er mich auf die Theke, und leidenschaftlich umschlungen küssen wir uns weiter. Ich habe mich so danach gesehnt!

Ich komme erst wieder zu Sinnen, als ich eine Stimme höre. Sofort lasse ich Gabriel los und springe auf. Es ist eine Frau, die offenbar wegen eines Vorstellungsgespräches kommt.

»Ach ja, stimmt. Ich suche jemanden für die Bar«, sagt Gabriel, leicht verwirrt.

Ich verabschiede mich schnell und flüchte aus dem Restaurant. Mein Herz schlägt Purzelbäume, und meine Gedanken fahren Achterbahn.

Emily die Hunnenkönigin

Am nächsten Morgen im Büro denke ich immer noch an das, was am Vorabend passiert ist – oder was hätte passieren können. Wäre nicht die Barkeeperin gekommen, ich hätte mich Hals über Kopf in eine neue Wahnsinnsnacht gestürzt.

Und das Schlimmste ist, ich bedaure total, dass wir unterbrochen worden sind.

Ich versuche, mich wieder auf die Arbeit zu konzentrieren. Da kommt Sylvie aus ihrem Büro.

»Wie ich sehe, regt sich auf dem Chez-Lavaux-Account sehr viel«, sagt sie anerkennend. »Bravo, Emily. Sie haben mit Ihrem Koch guten Content generiert.«

»Er ist nicht *mein* Koch«, antworte ich. »Er ist nur ein Freund.«

»Ich bitte Sie! Ich war früher Fotografin. Ich erkenne, wenn die Person hinter der Kamera in ihr Motiv verliebt ist.«

Ja, okay, vielleicht hat sie recht. Aber das ändert

nichts. Bevor ich gekommen bin, waren Gabriel und Camille glücklich miteinander. Sie waren die Inkarnation einer perfekten Lovestory. Und meinetwegen ist ihre Beziehung in die Brüche gegangen. Ich bin wie Attila der Hunnenkönig: Ich komme aus dem Nichts, verwüste alles auf dem Durchmarsch und verschwinde dann wieder!

»Es ist kompliziert. Und ich bin nur für ein Jahr in Paris.«

»Emily«, sagt Sylvie gewichtig und baut sich vor mir auf. »Den Rest Ihres Lebens können Sie so vernünftig und langweilig sein, wie Sie wollen. Aber solange Sie hier sind, verlieben Sie sich, machen Sie Fehler, reißen Sie die Welt mit sich ins Chaos. Sie sind nur ein Jahr in Paris, also lassen Sie es verdammt noch mal krachen!«

»Ich glaube nicht, dass Camille das gut finden würde.«

»Das ist vielleicht kein *so* großes Problem«, widerspricht Sylvie. »Camilles Mutter hat angerufen. Sie will, dass Sie den Champère-Account wieder übernehmen.«

Mir bleibt der Mund offen stehen. Warum hat Camille ihre Meinung geändert? Ist das der nächste Schritt ihres perfiden Racheplans?

Kaum ist Sylvie zur Tür hinaus, bekomme ich eine Nachricht von Gabriel: »Ich muss ständig an gestern denken …«

Es ist so schön ... und schwierig zugleich. Und prompt kommt schon die nächste Nachricht. Diesmal von Camille: »Treffen wir uns zum Lunch? Wir sollten reden.«

Also wenn sie sich rächen will, werde ich es wohl gleich erfahren.

Ein Pakt mit dem Teufel?

Auf der Dachterrasse eines Restaurants warte ich auf Camille. Das Panorama ist atemberaubend, aber es kann mich nicht von meiner Nervosität ablenken. Ich fürchte mich davor, was Camille zu sagen hat, und davor, dass ich selbst etwas Dummes sage oder dass sie mich nicht versteht. Mit meinem Französisch ist es immer noch nicht weit her. Alfie ist da ja absolut keine Hilfe …

Als Camille schließlich kommt, springe ich so schnell auf, dass ich mein Glas umstoße. Na, das fängt ja gut an!

Aber Camille wirkt gar nicht wütend. Sie lächelt mich sogar freundlich und beruhigend an.

Anscheinend ist sie nicht hier, um mit mir abzurechnen, und sie besteht auch nicht mehr darauf, dass wir Französisch sprechen.

»Danke für deine Nachricht«, sage ich gerührt. »Ich freue mich, dich zu sehen.«

»Ich freue mich auch, dich zu sehen«, versichert

sie mir. »Ich brauchte Zeit, um über alles nachzudenken. Und ich glaube, ich weiß, wie es passiert ist. Du dachtest, Gabriel und ich hätten Schluss gemacht und Gabriel würde Paris verlassen, und dann hast du dich hinreißen lassen. Keine Ahnung, in Paris kommt es oft zu so merkwürdigen Momenten.«

Ja, genau! Es liegt an der Pariser Luft! So muss es sein. Schließlich geht, seit ich hier bin, in meinem Kopf und in meinem Leben alles drunter und drüber.

»Ja«, stimme ich schnell zu. »Hätte ich gewusst, dass ihr noch zusammen seid, hätte ich nie …«

»Es wäre nur nett gewesen, wenn du es mir gleich gesagt hättest, als meine Freundin.«

Als meine Freundin … das ist Musik in meinen Ohren. Vielleicht ist noch nicht alles verloren? Vielleicht können wir uns doch wieder vertragen?

»Ja, es tut mir leid, dass ich nichts gesagt habe.«

»Also auf jeden Fall ist meine Familie so froh, dass du wieder den Account übernimmst. Schließlich hattest du diese brillante Idee. Wir wollen die Kampagne nicht ohne dich machen.«

Ich kann es kaum glauben! Es ist, als wäre plötzlich alles wie durch Zauberhand wieder ins Lot geraten.

Daraufhin hebt Camille ihr Glas zu einem Toast:

»Auf einen Neuanfang!«

»Darauf ein *santé!*«, stimme ich erleichtert zu.

»Darauf, dass nie wieder ein Mann zwischen uns kommt.«

»Nein, nie wieder«, verspreche ich.

Irgendein Mann oder ein bestimmter Mann? Ich habe da so eine Ahnung, und die bestätigt Camille sofort:

»Schließen wir einen Pakt: Keine von uns fängt je wieder etwas mit Gabriel an.«

»Einen Pakt?«, frage ich skeptisch. Bei »Pakt« muss ich sofort an den Teufel denken. »Mach dir keine Sorgen wegen mir und Gabriel«, versichere ich ausweichend.

Zum Glück weiß Camille ja nicht, was gestern Abend beinahe passiert wäre.

»Also bist du einverstanden?«, hakt sie nach.

»Ja«, sage ich nach kurzem, hoffentlich nicht allzu auffälligem Zögern. »Natürlich.«

Wir stoßen erneut an, um den Pakt zu besiegeln.

Wenn das der Preis für unsere Freundschaft ist, dann will ich ihn gerne zahlen. Und schließlich habe ich ja nicht meine Seele an den Teufel verkauft. Ich habe nur einer Freundin, an der mir sehr viel liegt, ein Versprechen gegeben.

Und dieses Versprechen werde ich halten. Komme, was wolle!

Willkommen im Team!

Am Abend gibt es zum Glück zwei Dinge, die mich diesen verflixten Pakt vorerst vergessen lassen.

Erstens: Mindy, die mit ihrer göttlichen Stimme auf dem *Bateau-Mouche* alle Gäste verzaubert. Ich musste ihr sagen, dass wir leider kein Budget für die Gage ihrer Band haben. Aber da sie mir bisher auch noch keine Miete gezahlt hat, sind wir jetzt quitt!

Zweitens: die Wahnsinnsaussicht auf das nächtliche Paris von der Seine aus. Ich finde sie immer noch so überwältigend wie beim ersten Mal.

Und wie ich da so versonnen an der Reling lehne, taucht plötzlich Alfie auf, in einem ziemlich schicken Anzug. Ich hatte ihm ja eigentlich gesagt, dass er vor der Abfahrt auf einen Drink vorbeikommen soll. Aber, sein Pech, jetzt muss er wohl oder übel die romantische Bootsfahrt ertragen. Es sei denn, er springt in die Seine.

»Du solltest doch vorher kommen. Jetzt steckst du hier auf dem ›Liebesboot‹ fest.«

»Das macht nichts. Ich kann problemlos zwei Stunden lang über mich reden. Nur nicht auf Französisch«, antwortet er aalglatt.

»Deine Anti-Französisch-Haltung wird langsam langweilig.«

»Ich bin nur vorübergehend hier«, verteidigt er sich. »Warum soll ich mich in etwas reinknien, das nicht von Dauer ist?«

»Da hast du nicht ganz unrecht ...«

Ich spreche nicht weiter, denn in diesem Moment fahren wir am erleuchteten Eiffelturm vorbei. Ich bin zwar ziemlich orientierungslos, seit ich in Paris bin, aber eines weiß ich: Dieser Anblick wird mich immer fesseln, egal, wie kurz oder lang ich hierbleibe.

Ich seufze zufrieden.

»Daran werde ich mich nie sattsehen«, vertraue ich Alfie an.

»Na gut, Paris aus diesem Blickwinkel, nachts, damit hast du mich gekriegt, Cooper«, gibt Alfie zu.

Yesss! Ich habe ihn überzeugt. Willkommen im I-love-Paris-Team! Der funkelnde Eiffelturm funktioniert einfach bei jedem. Dem Zauber dieses Schauspiels kann sich niemand entziehen.

»Aber Französisch lerne ich trotzdem nicht«, fügt Alfie sofort hinzu.

Tss, kann ich da nur sagen.

Ob alle Engländer so stur sind? Oder ist das nur seine besondere Macke?

Ein Ende mit Schrecken

Es war ein wundervoller Abend, obwohl es plötzlich angefangen hat zu regnen.

Fröhlich gehen Mindy und ich heim. Wir haben uns untergehakt und teilen uns einen Regenschirm. Doch dann bleibt mir das Lachen im Halse stecken.

Wir sind fast beim Restaurant angelangt, und da steht Gabriel und raucht. Es sieht fast so aus, als warte er auf mich.

»Alles okay?«, fragt Mindy besorgt, die sofort versteht, warum ich plötzlich stehen geblieben bin.

Ich habe Mindy von meinem Pakt mit Camille erzählt. Sie versteht nicht, warum ich mich darauf eingelassen habe, aber ich muss mein Wort gegenüber Camille halten. Und wenn es mir noch so schwerfällt.

Zwischen mir und Gabriel darf nichts mehr sein. Keine Blicke, kein Lächeln, keine Küsse, und vor allem kein Sex!

»Hey, was hast du vor?«, fragt Mindy, als ich ihr den Schirm in die Hand drücke.

»Das Pflaster abreißen«, sage ich mit belegter Stimme.

Ja, ich muss es ein für alle Mal beenden. Lieber ein Ende mit Schrecken als ein Schrecken ohne Ende. Mindy geht schon mal nach Hause, und ich nähere mich Gabriel.

Er lächelt mich an.

»Emily, willst du beenden, was wir begonnen haben?«

Ja, so in der Art. Es muss aufhören. Ich muss mit ihm Schluss machen. Das ist der Preis für meine Freundschaft mit Camille. Und ich muss überzeugend sein, denn Gabriel wird mich nicht so einfach aufgeben.

Er beugt sich zu mir, wie um mich zu küssen. Doch ich stoße ihn sanft von mir.

»Was ist los?«, fragt er verständnislos.

»Es ist los, dass ... Ich bin nur für ein Jahr in Paris«, antworte ich, ohne ihm dabei in die Augen sehen zu können. »Das habe ich immer gesagt. Und ich möchte nicht, dass wir etwas beginnen, das nicht von Dauer ist. Das zwischen dir und mir ist eine Fantasie. Ein Pariser Traumgebilde ...«

»Nein, nein, nein«, unterbricht er mich. »Für mich ist es kein Traumgebilde.«

Ja, ich weiß. Und das ist ja gerade das Schreckliche. Zwischen uns, das war nicht »ein Mal zusammen Crêpe essen« und dann nie wieder. Es ist viel mehr als das. Aber es darf nicht sein. Endlich überwinde ich mich dazu, den Blick zu heben.

»Überleg doch mal, wie die Realität aussieht. Was tun wir dann am Ende? Wir wären jetzt zusammen. Aber wenn das Jahr vorbei ist, kommst du bestimmt nicht mit nach Chicago, und ich bleibe nicht in Paris.«

»Ja, und?«, fragt er verzweifelt.

»Ich verliebe mich nicht, wenn ich weiß, dass die Beziehung ein Verfallsdatum hat. Das tut uns doch nur beiden weh.«

Doch als er dann – unter Zwang – meine Entscheidung akzeptiert, tut es auch weh.

Und zwar höllisch.

Ich habe getan, was ich tun musste. Ich habe unsere beginnende Geschichte im Keim erstickt.

Es ist die einzige vernünftige Lösung. Aber warum leide ich dann so?

Alfie, der Spötter

Ich verarbeite die Trennung von Gabriel nur langsam. Aber kann man es überhaupt »Trennung« nennen? Wir waren ja eigentlich nie zusammen. Nennen
wir es lieber einen Neuanfang. Eine freundschaftliche,
professionelle Beziehung. Ohne gemeinsame Crêpes,
Omeletts oder sonstige Köstlichkeiten. Außer vielleicht, wenn es um das Restaurant geht.

Und genau das ist auch mein Rettungsanker: die
Arbeit. In den folgenden Tagen gebe ich alles für das
Eröffnungsdinner bei Chez Lavaux. Und das hat gar
nichts mit Gabriel zu tun. Nein, er ist ein Kunde wie
jeder andere. Genau, einfach ein Kunde, und sonst
nichts.

Zu diesem wichtigen Abend sind Foodblogger,
Influencer und Kritiker vieler französischer Restau-
rantführer geladen. Ich habe eine Gästeliste mit
erlesenen Persönlichkeiten zusammengestellt. Hoffentlich kommen sie auch!

Doch zuvor erwartet mich noch ein weiterer Höhepunkt. Heute werde ich den anderen im Französisch-kurs Alfie vorstellen. Ich bin ganz aufgeregt!

Als es so weit ist, stehe ich breit lächelnd auf und trage vor, was ich über Alfie erfahren habe – und was ich in ein paar nicht allzu komplizierte französische Sätze verpacken kann.

Ich glaube, es war ganz gut. Jedenfalls applaudieren die anderen. Das tut gut. Ich fühle mich, als würde ich schweben.

Dann ist Alfie dran. Wir haben uns viel unterhalten. Ich habe ihm von Chicago erzählt, von meinem Studium, von meiner Arbeit. Hoffentlich hat es ihn inspiriert. Ich bin jedenfalls sehr gespannt, was er über mich geschrieben hat.

Dann liest er vier mickrige Sätze vor. Alle fangen mit »Emily« an. Er sagt, dass ich im Marketing arbeite – so weit, so gut. Dann behauptet er, meine Kleidung sei »amusante« und ich würde gerne arbeiten und nie Spaß haben.

So eine Unverschämtheit! Das ist alles, was er über mich zu sagen hat? Die anderen klatschen und lachen, besonders Petra. Das macht mich erst recht wütend.

Dabei hatte ich gerade angefangen, Alfie zu mögen.

Und er scheint auch noch stolz zu sein auf seine kleine Show. Für wen hält der sich? Und was soll dieses dämliche Grinsen?

Nach dem Kurs hole ich ihn auf der Straße ein. Der

wird mich noch kennenlernen! Die Höllenfeuer werden ihn verschlingen! Na ja, also bildlich gesprochen. Aber trotzdem! Was bildet der sich ein, dieser abgebrühte Schönling? Er kennt mich kaum. Und nur weil er gut aussieht, hat er noch lange nicht das Recht, alle anderen zu verspotten.

»Das war deine Präsentation?«, schleudere ich ihm entgegen. »Nach allem, was ich dir erzählt habe, ist meine Kleidung ›amusante‹? Weißt du, dass das ›lächerlich‹ heißt?«

Alfie findet wahrscheinlich, dass alle immer so sterbenslangweilige graue Anzüge tragen sollten wie er. Nein, danke!

Er geht stur weiter, mit seinem spöttischen Grinsen im Gesicht. Ich stelle mich ihm in den Weg, damit er endlich reagiert. Denn ich bin wirklich gekränkt, und nicht nur wegen der Bemerkung mit der Kleidung.

»Wie kommst du darauf, dass ich keinen Spaß haben will? Ich amüsiere mich gerne! Und wenn du mir zugehört hättest, dann wüsstest du das!«

Jawohl!

»Okay, tut mir leid«, erwidert er nur.

Dann zeigt er auf einen E-Roller am Straßenrand.

»Soll ich dich mitnehmen?«

»*What?* Nein, auf den Dingern darf man nicht zu zweit fahren.«

Jetzt grinst er noch breiter und triumphierend.

»Habe ich doch gesagt: Spaßbremse.« Damit lässt er mich stehen. Schon wieder.

Spaßbremse, Spaßbremse, ich geb dir gleich Spaßbremse! Geh du dich ruhig amüsieren, mit deinen öden Anzügen! Ich weiß, was Spaß ist.

Auch wenn ich jetzt erst mal nach Hause muss. Ich habe noch viel zu tun …

Camilles Rückkehr

Ich lasse die Demütigung im Französischkurs gedanklich schnell hinter mir und konzentriere mich einzig und allein auf die Restauranteröffnung. So vergeht der nächste Tag mit Telefonaten und letzten Vorbereitungen wie im Flug. Und dann ist es auch schon Abend, und die Gäste strömen herbei. Während es in der Küche hoch hergeht und die Gäste an den Tischen sich unterhalten, poste ich Fotos und Kommentare auf dem Instagram-Account von Chez Lavaux. Aus der urwüchsigen Pariser Brasserie ist durch Gabriels Renovierungsarbeiten ein schickes, modernes Restaurant geworden.

Anders gesagt, es ist *the place to be!*

Das findet auch Antoine.

»Ein attraktives Publikum haben wir«, sagt er erfreut.

»Ja, in der Tat«, stimme ich zu. »Und es sind auch alle gekommen, die reserviert haben. Die von dem Blog *Paris by mouth* sind da. Gleich danebensitzt *24 Stunden in Paris*. Und da drüben ist die berühmte

Madame Mange. Sie bloggt schon über Essen, seit es Blogs über Essen gibt. Sie ist von der alten Schule. Wer die Frau bei ihr am Tisch ist, weiß ich nicht, aber sie sehen echt *très* seriös aus.

»Ich gehe sie begrüßen«, sagt Antoine.

Kaum hat Antoine sich umgedreht, klingelt mein Handy. Es ist Alfie. Was will der denn noch von mir? Hat er sich nicht schon genug über mich lustig gemacht? Woran hat er jetzt etwas auszusetzen? An meinen Handtaschen vielleicht? Oder an meinen Haaren?

An mir im Allgemeinen?

Ich gehe ran, auf alles gefasst.

»Emily, was geht?«, fragt er lässig. »Hör zu, ich habe irgendwie ein schlechtes Gewissen wegen gestern. Du wolltest mir sagen, inwiefern ich dich falsch einschätze, und ich habe dich stehen lassen. Hättest du Lust, zu mir in den Pub zu kommen? Ich gebe dir ein Bier aus.«

»Ich bin gerade für die Arbeit bei einem Event. Und das wird dauern.«

»Siehst du? Sag ich doch: null Spaß.«

Bevor ich noch irgendetwas sagen kann – zum Beispiel, dass meine Arbeit mir sehr wohl Spaß macht –, hat er schon aufgelegt. Geduld ist wirklich nicht seine Stärke. Aber bald werde ich ihm das selbstgefällige Grinsen aus dem Gesicht wischen, das schwöre ich!

Doch jetzt habe ich erst mal Wichtigeres zu tun.

Antoine erzählt mir, dass er mit Madame Mange gesprochen hat und dass diese mit Caroline Duclos da ist, der Gastrokritikerin von *Le Figaro*.

»*What?* Die hatten gesagt, dass sie heute lieber anonym bleiben wollen«, wundere ich mich.

»Manche Frauen sind eben für meinen Charme empfänglich«, antwortet Antoine augenzwinkernd.

Da kommt Mindy herein. So ein Glück! Ich brauche heute ihre Unterstützung und ihre positive Ausstrahlung, und vielleicht brauche ich auch jemanden, der aufpasst, dass ich keinen Unsinn mache …

Ich stelle Mindy kurz Antoine vor, dann setzt sie sich an den für uns reservierten Tisch, und ich husche zu Gabriel in die Küche. Er richtet gerade fantastisch aussehende Teller mit Entenbrust an. Das erkenne ich inzwischen auf den ersten Blick!

»Oh, du siehst gut aus. Äh, ich meine, es sieht aus, als wärst du gut im Flow und so«, verbessere ich mich schnell. »Wie geht's dir?«

»Gut. Was machst du hier in der Küche?«

»Die Kritikerin vom *Figaro* ist hier. Sie hat sich mit Madame Mange reingeschlichen. Also hau ordentlich Soße auf die Ente! Äh, du weißt, was ich meine.«

»An welchem Tisch sitzt sie?«, fragt er aufgeregt.

Ich zeige es ihm durch das Guckloch in der Küchentür. Ein positiver Artikel in so einer großen Tageszeitung wäre grandiose PR. Danach würde das Restaurant sofort super laufen!

Plötzlich kommt Camille in die Küche. Das überrascht mich. Ich hätte nicht gedacht, sie hier zu treffen, weder heute noch an einem anderen Tag. Ich dachte, sie wäre zu sauer auf Gabriel, als dass sie ihn wiedersehen wollte. Aber vielleicht ist ihre Wut verraucht? So wie sie ihn anstrahlt, könnte man das meinen.

»Schon jetzt ein Erfolg!«, sagt sie zu Gabriel und begrüßt ihn mit Wangenküsschen.

»Danke«, antwortet er und wendet sich an mich: »Camille hat mir heute eine Kiste ihres Familienchampagners vorbeigebracht.«

»Oh, das ist ja nett«, sage ich zu Camille.

»Und du hast das mit der Eröffnung gut hingekriegt«, lobt sie mich.

Sie scheint wirklich allerbester Laune zu sein. Gabriel schaut noch einmal zu den vielen Gästen, der Raum ist brechend voll.

»Das sind ziemlich viele Leute«, stellt er stirnrunzelnd fest. »Wir hatten doch gesagt, fünfzig Plätze. Das sind eindeutig mehr.«

»Antoine hat auf den letzten Drücker noch ein paar Leute eingeladen«, gebe ich zähneknirschend zu.

»Ohne mich zu fragen?«

»Ach, das ist bei Restauranteröffnungen so. Vor

allem, wenn der Laden hip ist«, versuche ich ihn zu beruhigen. Mit mäßigem Erfolg.

»Er wird nicht lange hip bleiben, wenn die Leute nichts zu essen kriegen.«

»Wir können den Leuten doch Champagner spendieren, um ihnen die Wartezeit zu versüßen«, schlägt Camille vor.

Das ist eine tolle Idee, aber … Warum greift Camille Gabriel so unter die Arme, nach allem, was war? Und warum wirkt sie so glücklich, als Gabriel ihr dankbar die Hand auf die Schulter legt?

Oh là là, oh là là!

Die Party ist in vollem Gange, und Mindy betrinkt sich und ist ziemlich aufgedreht, weil ihr Bandkollege Benoît ihr unerwartet gesagt hat, dass er auf sie steht. Antoine hat den DJ gebeten, die Musik lauter zu stellen, damit die Leute sich amüsieren. Das Problem ist, dass Gabriel sich in dieser Disco-Atmosphäre nicht konzentrieren kann. Er hört die Bestellungen kaum. Ich schlage ihm vor, sich der Gastrokritikerin vorzustellen, Caroline Duclos, die inzwischen ihr Mahl beendet hat. Er muss sich einen Weg durch die tanzenden Gäste bahnen, und das scheint ihn noch mehr aufzuregen. Besser, ich erzähle ihm nicht, dass vorhin jemand aus Versehen ein Glas über Madame Mange ausgekippt hat.

»Das hier ist lächerlich!«, grummelt er.

»Restauranteröffnungen sind immer große Partys«, sage ich, um ihn zu beruhigen.

Als wir endlich bei Caroline Duclos' Tisch angelangt sind, steht plötzlich Madame Mange vor uns.

Sie scheint es sehr eilig zu haben, hier wegzukommen, und sagt kurz angebunden etwas auf Französisch zu Gabriel. Ich höre nur »Talent« und »Chaos« heraus. Hm, ihr Urteil wird also eher gemischt ausfallen.

Gabriel entschuldigt sich, doch sie lässt sich nicht aufhalten.

Inzwischen wirkt er nicht mehr nur genervt, sondern richtig wütend. So habe ich ihn noch nie erlebt.

»Das ist kein Restaurant, es ist ein verdammter Nachtclub! Das wollte Antoine von Anfang an. Weißt du was? Ich häng die Schürze an den Nagel!«

Zu meinem Entsetzen reißt er sich buchstäblich die Schürze runter und stürmt aus dem Restaurant. Das darf nicht wahr sein!

Während ich noch überlege, was ich jetzt tun soll, kommt Antoine angelaufen.

»Ist mein Koch da gerade zur Tür raus?«, fragt er.

»Ja, er ist ziemlich wütend«, erkläre ich.

»Wütend?«, wiederholt Antoine ungläubig. »Dann soll er nur gehen. Köche gibt es wie Sand am Meer.«

Dann dreht er sich um und lässt mich stehen. Oh là là, oh là là! Das ist keine Eröffnungsparty mehr, es ist eine Katastrophe!

Camille, die Antoines letzten Satz noch gehört hat, fragt: »Was ist los?«

»Also, Gabriel hat gekündigt, und Antoine hat ihn gleichzeitig rausgeworfen. Es ist Wahnsinn!«

»Ich kenne das von ihm«, sagt Camille. »Es ist eine Kombination aus Ego, Frust und Angst. Rede du mit Antoine. Ich rede mit Gabriel, okay?«

Gesagt, getan. Camille läuft Gabriel hinterher, ich gehe zu Antoine an die Bar.

»Antoine, bitte, das ist ein großer Fehler. Sie hätten jeden beliebigen Laden kaufen können. Dann hätten Sie irgendeinen Koch engagiert und die Musik aufgedreht. Aber Sie haben wegen Gabriel in dieses Restaurant investiert.«

»Vielleicht ist er zu jung, und das ist eine Nummer zu groß für ihn. Er will vielleicht ein kleines, ruhiges Restaurant. Aber ich will das hier.«

Er zeigt auf Mindy, die auf einem Tisch tanzt, und fährt dann fort:

»Ihrer Freundin gefällt's. Wir haben hier ein sexy Publikum. Und das passt zur Marke Lavaux.«

Ich verstehe das Problem natürlich. Es ist so ähnlich wie mit Sylvie und … ja, Deep Dish Pizza aus Chicago! Man könnte meinen, das sei inkompatibel, aber man muss nur einen gemeinsamen Nenner finden. Na gut, das war jetzt vielleicht kein überzeugendes Beispiel, aber so in der Art. Gabriel und Antoine haben sehr verschiedene Vorstellungen von ihrem Restaurant. Mein Job ist es, sie trotzdem zusammenzubringen.

»Okay, ich habe eine Idee. Bis elf Uhr ist es ein normales Restaurant, und danach wird es zum Club mit Tanz und Musik. Als Kompromiss.«

»Klingt vernünftig«, gibt Antoine zu. »Wenn Gabriel zurückkommt, können wir darüber reden.«

Yesss!

Wenig später kommt Gabriel tatsächlich wieder rein, mit Camille. Sie scheint die richtigen Worte gefunden zu haben, denn er wirkt viel ruhiger.

»Ich war kurz draußen Luft schnappen. In der Küche ist es heiß«, sagt er entschuldigend zu Antoine.

»Die Party ist ein Erfolg, oder?« Camille versucht, die Situation aufzulockern.

»Ja, viel mehr Leute, als wir erwartet haben«, stimme ich im gleichen Tonfall zu.

»Stimmt. Aber die Musik ist zu laut«, lenkt Antoine ein. »Ich habe dem DJ gerade gesagt, er soll sie leiser machen. Von nun an wird sie erst ab elf Uhr wieder aufgedreht, wenn die Leute mit dem Essen fertig sind.«

Gabriel findet die Idee gut, und ich könnte nun fast selbst vor Freude auf den Tischen tanzen!

Doch als Gabriel, der schon wieder auf dem Weg in die Küche war, sich noch mal zu Camille und mir umdreht und sagt:

»Danke, das war eine große Hilfe.«

Und wir dann im Chor antworten:

»Na, klar!«

Da sehen wir uns unbehaglich an, und meine Euphorie ist sofort wieder verflogen.

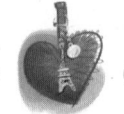

Amor in Aktion

Manchmal verteilt Amor seine Pfeile ja ziemlich willkürlich – besonders in meinem Fall –, aber hin und wieder trifft er auch mitten ins Schwarze.

Zum Beispiel bei Mindy. Sie dachte, Benoît würde auf Männer stehen, dabei steht er auf sie! Bei einem Auftritt auf der Pont des Arts haben sie zu zweit – ohne Étienne, den Dritten im Bunde – den unglaublich romantischen Song *Falling Slowly* gesungen. Er beginnt mit den Worten: »I don't know you, but I want you.«

Ich persönlich schmelze bei dieser Musik ja sofort dahin. Und ich glaube, auf Mindy und Benoît hatte das Lied auch eine magische Wirkung.

Ich wünsche den beiden so sehr, dass sie zueinanderfinden und hier eine wundervolle Liebe erleben. Schließlich ist Paris dafür die perfekte Stadt!

Amor hat in letzter Zeit übrigens noch ein zweites Mal getroffen. Und zwar bei Sylvie. Ihr Herz schlägt jetzt für Erik, den Fotografen, den wir für die Bateau-Mouche-Party engagiert hatten.

Er ist jünger als sie, aber solche Details sind Amor ja egal. Und anders als Mindy, erzählt Sylvie mir natürlich nichts, auch wenn ich sehr neugierig bin. Aber sie scheint glücklich zu sein. Und das ist doch die Hauptsache. Außerdem bringt sie jeden Morgen eine Tüte leckere Croissants und *pains au chocolat* mit ins Büro und verstößt damit gegen ihre eigene strenge Im-Büro-wird-nicht-gegessen-Regel. Laut Luc bedeutet das, dass sie traumhafte Nächte in den Armen ihres Geliebten verbringt.

Gut gemacht, Amor!

Aber jetzt wäre es ganz nett, wenn der Gott der Liebe auch mal wieder an mich denken würde. Und dieses Mal möchte ich bitte einen netten Singlemann ohne Camille im Schlepptau. Das würde mir einige Probleme ersparen. Danke.

Im Büro schleppe ich mich so durch den Nachmittag. Nach dem Wirbel um die Restauranteröffnung habe ich kein großes Projekt mehr – abgesehen von Champère, und das ist nun nicht gerade das Richtige, um mich von Gabriel abzulenken. Pierre Cadault wird ja jetzt von Julien betreut. Und Julien kümmert sich auch um eine weitere prestigeträchtige Kampagne: Wir promoten eine Vespa in exklusivem Dior-Design!

Dieser Roller ist megaschick. Weiß, mit schwarzen und goldenen Verzierungen, und natürlich mit passendem Helm dazu.

Das ist Eleganz pur. Stil *made in France.*

Wie gern würde ich damit durch die Straßen von Paris düsen!

»Die Vespa ist da!«, verkündet Julien, als ich gerade meine Sachen packe. »Sieh sie dir an!«

Ah, endlich etwas, das mich aufheitern kann. Ich liebe Vespas! Schnell folge ich Julien nach unten in den Hof. Auch Luc kommt uns hinterher, um das Schmuckstück zu bewundern.

»Sehr sexy«, urteilt er, typisch Luc.

»Mach ein Foto von mir«, bittet Julien.

Er stellt sich vor die Vespa, mit dem Helm in der Hand. Und da habe ich einen Geistesblitz! Genau genommen, denke ich schon seit heute Morgen darüber nach. Wie wär's, wenn ich nicht auf Amor warte, sondern mein Liebesleben selbst in die Hand nehme? Ich meine, warum sollte ich mein Schicksal so einem kapriziösen Liebesgott überlassen?

Ich mache das lieber selbst, ganz ohne Pfeil und Bogen.

»Darf ich auch mal?«

Julien gibt mir den Helm, und ich steige auf die Vespa und werfe den Motor an!

»Hey, was soll das?«, fragt Julien.

»Ich muss zum Französischkurs!«, antworte ich und fahre los.

»Fahr vorsichtig!«, ruft Luc mir hinterher.

Aber das ist mir egal. Tief über meine schicke Vespa gebeugt, rase ich durch die schönsten Viertel von Paris. Woohoo! Ausnahmsweise habe ich mal nicht gemacht, was man von mir erwartet. Ich habe sogar … alle Regeln gebrochen.

Ja, ich, Emily Cooper, habe etwas völlig Unüberlegtes getan!

Und ich liebe es!

Ich fahre über die breiten Boulevards, am Louvre vorbei, und es fühlt sich an, als würde ich hierhergehören. An einer Straßenecke entdecke ich Alfie. Ha, heute ist wohl mein Glückstag!

Ich halte neben ihm an. Er wirkt ziemlich erstaunt, mich so zu sehen, auf meiner schönen Vespa. Und genau das hatte ich gehofft. Ich wollte ihn überraschen, damit er endlich aufhört, mich als Spaßbremse zu bezeichnen.

Alfie sieht mich an, dann mein Gefährt. Ja, da kann sein oller Tretroller einpacken!

Alfies Gesichtsausdruck in diesem Moment ist einfach göttlich. Dieses Lächeln! Ja, sein Lächeln ist unwiderstehlich. Und er hat dieses gewisse Etwas, das ihn supersexy und charmant macht. Da ist etwas in seinem Blick, in seiner Stimme. Es ist nicht nur äußerlich, es ist mehr als das.

Und wenn ich in letzter Zeit nicht so sehr mit Gabriel beschäftigt und von seinen schönen blauen

Augen geblendet gewesen wäre, vielleicht hätte Alfies Charme dann schon früher auf mich gewirkt.

»Soll ich dich mitnehmen?«, frage ich.

Er steigt hinter mir auf den Sitz, und ich denke, dass es wirklich eine gute Idee war, nicht länger auf Amors Pfeil zu warten.

Heiß, heißer, am heißesten

Am nächsten Tag herrscht in Paris eine Affenhitze. Fünfunddreißig Grad Celsius – ich traue mich kaum, das in Fahrenheit umzurechnen.

Oh my God! 95 Grad!

Ich glaube, da ist mir Celsius doch lieber. Aber in Chicago ist es wenigstens überall klimatisiert, und hier in unserer Miniwohnung kann man davon nur träumen. In der Hoffnung auf ein bisschen Kühle gehe ich extra früher ins Büro.

Doch als ich dort ankomme, falle ich aus allen Wolken. Die Luft ist zum Schneiden. Meine Kollegen fächeln sich wie wild mit ihren Fächern Luft zu und haben die Fenster aufgerissen. Das hilft natürlich nicht, ganz im Gegenteil!

»Das ist ja die reinste Sauna hier«, beklage ich mich bei Julien. »Können wir die Klimaanlage nicht höherdrehen?«

»Wir haben keine Klimaanlage«, antwortet er, einen Miniventilator in der Hand. »Es gibt kaum Klimaanlagen in Paris. Das ist unnatürlich, klimaschädlich, und so … amerikanisch.«

»Es ist immer noch besser, als hier zu sitzen und zu schwitzen.«

Das hat Luc wohl gehört.

»Nein, ist es nicht«, widerspricht er. »Oder willst du dich erkälten? Es ist gut, wenn man den Wechsel der Jahreszeiten spürt. Lerne, die Natur zu akzeptieren, Emily. Du musst nicht *alles* kontrollieren.«

Ja, ich akzeptiere die Natur ja. Vögelchen, Blümchen …

Und ich will auch nicht alles kontrollieren. Nur den Schweißgeruch meiner Kollegen!

Wegbier mit Alfie

Madeline, meine Chefin in Chicago, hat eine tolle Nachricht für uns: Savoir wird die Promo für Pelo-tech in Frankreich übernehmen. Das ist eine Marke für hochentwickelte Hometrainer. Ich bin begeistert!

Und es ist schön, mal wieder mit jemandem zu sprechen, der ebenso enthusiastisch ist wie ich.

Denn Sylvie ist ja eher … na ja, eben Sylvie.

Aber ich bin sicher, dass das Produkt sie letztlich auch überzeugen wird.

Und es gibt noch eine gute Nachricht: Mindy und Benoît haben sich geküsst! Sie hat mir von einem Pick-nick heute Mittag erzählt. Benoît hat ihr gestanden, dass er das Komponieren aufgegeben hatte, aber dass er wieder angefangen hat, seit er sie kennt. Mindy ins-piriert ihn.

Das ist so romantisch!

Und da aller guten Dinge drei sind: Alfie hat mich eingeladen, vor dem Französischkurs heute etwas mit ihm trinken zu gehen.

Wir treffen uns in einem englischen Pub und trinken erst ein Bier, dann zwei, und dann noch eins für unterwegs. Ein »Wegbier« im Kaffeebecher. Alfie hat echt verrückte Ideen!

»Sind wir nicht etwas zu betrunken für den Französischkurs?«, frage ich. »Wollen wir schwänzen?«

»Geht leider nicht«, antwortet er. »Ich muss mir für die Firma so einen Wisch unterschreiben lassen. Aber bleib locker, wir zwei schaukeln das schon.«

Na, das wage ich zu bezweifeln. Man sieht ihm nämlich an der Nasenspitze an, wie … locker er ist. Sehr, sehr locker. Um nicht zu sagen, komplett *pompette*. Das ist so ein lustiges französisches Wort für »betrunken«.

Ich will lieber gar nicht wissen, wie ich aussehe.

»Wir schaukeln das schon?«, wiederhole ich. »Haha, verarschen kann ich mich alleine.«

Im Klassenraum bekommen wir beim Anblick des Ventilators einen Lachanfall. Keine Ahnung, warum. Damit ist es offiziell: Ich bin ebenfalls komplett *pompette*.

»Ich hoffe, Sie finden Ihre Noten auch so lustig«, sagt die Lehrerin zur Begrüßung und drückt uns unsere Tests in die Hand.

Wir verstummen sofort. Und sie bittet Alfie direkt an die Tafel.

»Ein häufiger Fehler im Test war die Verwechslung von *J'imagine* und *Je suppose*. Die Verben haben eine ähnliche Bedeutung, aber *J'imagine* ist abstrakter. Alfie, bitte schreiben Sie an die Tafel: *J'imagine que je suis en vacances.*«

Das heißt: »Ich stelle mir vor, dass ich im Urlaub bin.«

Aber Alfie schreibt *Jean Magine*. Die anderen fangen an zu lachen.

»Wie ging's nochmal weiter?«, fragt er die Lehrerin.

»*Non, pas Jean Magine.* ›*J'imagine*«, berichtigt diese.

»Habe ich doch geschrieben«, antwortet er. »Wer ist Jean Magine überhaupt?«

»*En français, s'il vous plaît*«, fordert sie ihn auf.

»*Qui est Jean Magine?*«, übersetzt Alfie brav.

Das sorgt erneut für Gelächter. Aber ich finde es gar nicht lustig. Armer Alfie! Er wirkt total hilflos. Es ist, als stünde ihm »SOS Emily« auf der Stirn geschrieben.

Und ich eile zu seiner Rettung!

»*J'imagine qu'Alfie fait de son mieux*«, sage ich in meinem besten Französisch. Ich denke, dass Alfie sein Bestes gibt. Und dann füge ich zu seiner Verteidigung noch hinzu, dass er kaum Gelegenheit hat, mit Franzosen zu sprechen.

»Genau das meine ich auch!«, stimmt Alfie mir begeistert zu. Leider hat er keine Ahnung, was ich gerade gesagt habe.

Die restliche Stunde vergeht ohne größere Vor-
kommnisse. Wir versuchen nur, nicht wegen jeder
Kleinigkeit – oder wegen gar nichts – laut loszula-
chen.

Und dann ist es zum Glück vorbei. Aber die Lehrerin hält uns auf, als wir rausgehen.

»Emily!«, ruft sie. »Bravo. Heute sind Sie zum ersten Mal vollständig in die französische Sprache ein-
getaucht, ohne lange nachzudenken.«

»Oh, *merci!* Es ist einfach so über mich gekommen.
Vielleicht wegen der Hitze.«

»Ja, oder wegen dem, was Sie da in Ihrem Becher
haben?«

Wie jetzt? Ich spreche besser Französisch, wenn ich
einen Schwips habe?

Ich stehe etwas ertappt da, aber die Lehrerin wendet sich schon an Alfie:

»Sie sind leider noch nicht so weit.«

»Kein Problem. Ist mir egal«, antwortet er, abgebrüht wie immer.

Dann verabschiedet sie sich, und ich stehe etwas
dämlich kichernd vor Alfie. Ich kann nichts dafür: Es
ist zu heiß! Und in meinem Hirn blubbert das Wegbier. Und Alfies charmantes Dauerlächeln lässt die
Temperatur gleich noch um ein paar Grad ansteigen.
Alfie hat offenbar auch Probleme mit der Hitze, denn
er sagt: »Ich kann's kaum erwarten, diesen Anzug von

mir zu werfen und mich vor die Klimaanlage zu stellen.«

Er will den Anzug von sich werfen …?

»Ich habe leider keine Klimaanlage«, jammere ich.
»Weil mein Haus uralt ist.«

Jetzt kommt Alfie ganz nah an mich heran.

»Du kannst ja mit zu mir kommen, wenn du willst.
Und dich da ein bisschen abkühlen.«

»Gerne! Aber nur wegen der Klimaanlage, versteht
sich.«

Denn wenn ich weiter in Alfies Nähe bleibe, ist das
mit dem Abkühlen eher unwahrscheinlich.

Vor allem, wenn er seinen Anzug von sich wirft …

Noch heißer

Alfie nimmt mich mit nach Hause. Er hat eine Wohnung in einem supermodernen Hochhaus im Businessviertel La Défense. Hier kann ich mich endlich ein wenig abkühlen. Also theoretisch.

Ich wusste nicht mal, dass hier überhaupt Leute wohnen. Ich dachte, es gäbe nur Büros und Konferenzräume. Alfie zeigt mir durchs Fenster die Bank, bei der er arbeitet.

»Die Firma hat mich hier untergebracht«, erklärt er.

»Ist ja kein Wunder, dass du Paris dann nicht magst. Das hier ist nicht Paris. Es ist … Pittsburgh!«

Ein Hochhaus neben dem anderen, kein Charme, keine Romantik.

Alfie schenkt mir ein Glas ein, und ich entdecke ein Foto von einem Pärchen.

»Wer sind denn die Süßen?«, frage ich.

»Die waren schon drin im Rahmen.«

Hm, okay. Seine ganze Einrichtung wirkt ziemlich kühl und unpersönlich. So als würde hier eigentlich niemand wohnen. Es ist sehr ordentlich, es gibt keine Andenken oder Krimskrams. Nichts weist daraufhin, wer Alfie wirklich ist.

»Diese Wohnung könnte ein bisschen Farbe gebrauchen. Oder ein bisschen Leben.«

»Ah, gutes Thema«, sagt er. »Ich muss dir da was gestehen. Ich bin gar kein Banker. Ich bin ein Spion!«

Ist das eine spezielle Verführungstechnik? Rollenspiel mit Geheimagent? Warum nicht …

Alfie bringt mir mein Glas. Und ich gehe auf sein Spielchen ein.

»Das mit deinem Job kam mir gleich seltsam vor. Und ist Alfie überhaupt dein wirklicher Name?«

»Kann ich dir vertrauen?«, fragt Alfie. »Aber du darfst nicht lachen.«

»Versprochen.«

»Eigentlich heiße ich … Judi Dench.«

Hahaha!

»Du hast doch gelacht«, sagt Alfie gespielt beleidigt, und dann wird er ernst. »Ich wäre lieber ein Spion. Aber ich bin es nicht. Ich bin nur ein langweiliger Bankfutzi, mit einem langweiligen Job, in einer langweiligen Wohnung. Und ich sitze in einer Stadt fest, in der mich keiner versteht.«

Wir unterhalten uns weiter, und ich fühle mich immer wohler in seiner Gesellschaft. Wenn Alfie seine Rüstung ablegt und nicht mehr den angeberischen Besserwisser spielt, ist er total nett. Und geradezu rührend.

Dazu noch sein gutes Aussehen ... Ein unwiderstehlicher Mix.

»Marketing, das ist ein cooler Job«, sagt er schließlich.

»Manchmal ja«, bestätige ich. »Aber es sind nicht immer nur Partys auf Liebesbooten.«

»Klar. Und was hast du letzte Woche gemacht, als du keine Zeit für ein Bier hattest?«

Wie, daran erinnert er sich? War ihm diese Einladung – und meine Absage – etwa wichtig? Auf die Idee wäre ich nie gekommen. Ob er mich eigentlich schon die ganze Zeit gut findet? Wäre ich nicht so von meiner Arbeit und den Problemen mit Camille und Gabriel eingenommen, hätte ich es vielleicht schon früher bemerkt.

Jetzt sieht er mich auf jeden Fall sehr aufrichtig an.

»Ich war bei der Eröffnung eines Restaurants ganz bei mir in der Nähe«, antworte ich also auf seine Frage.

»Welches Restaurant?«

»Chez Lavaux.«

»Siehst du? Eine Restauranteröffnung! Das ist cool. Ich meine, dein Leben hier ist viel prickelnder als meins.«

Wir schauen uns in die Augen.

»Ich weiß nie, wann du Witze machst und wann du es ernst meinst.«

»Manchmal bin ich auch ernst«, versichert er und nimmt mir mein Glas aus der Hand, um es wegzustellen. »Vor allem bei Dingen, die ich mag.«

Er ist mit dem Gesicht ganz nah an meinem. Wir sehen uns an. Ich weiß genau, was er vorhat. Und ja, ich will es auch!

»Und was sind das für Dinge?«, flüstere ich.

»Zum Beispiel ... du.«

Oh là là! Wie er das sagt. Ich habe Gänsehaut am ganzen Körper.

Als sich unsere Lippen berühren und ich seine Hände auf meiner Haut spüre, denke ich an gar nichts mehr. Ich bin nur noch Gefühl.

Ich versinke in einem Strudel aus Lust und Leidenschaft. Ich bin im Paradies!

Im Eifer des Gefechts

Nach diesem traumgleichen Ausflug ins Paradies wache ich früh auf. Ich bin immer noch von Glücksgefühlen erfüllt. Alfie war so lieb und sanft, und dabei so leidenschaftlich! Da es ihm im Eifer des Gefechts nicht gelungen ist, meine Bluse hinten aufzuknöpfen, habe ich ihm gesagt, er solle sie mir vom Leib reißen. Und das hat er dann auch getan. Ich konnte einfach nicht anders. Ich wollte seine Haut auf meiner spüren, und er brauchte ewig, um mich auszuziehen. Ein paar Sekunden sind ganz schön lang, wenn man vor Verlangen fast vergeht.

Ich sammle meine Kleider auf und schlüpfe in meinen Rock. Da wacht Alfie auf.

»Machst du den Houdini?«, fragt er.

»Wenn das ›sich davonschleichen‹ heißt, dann ja«, gestehe ich. »Aber ich brauche ein Flucht-Shirt«, füge ich hinzu. Denn mein Oberteil ist ja zerrissen.

»Nimm, was du willst«, sagt Alfie.

Ich schnappe mir eines seiner Jacketts.

»Es war ein schöner Abend, Cooper.«

»Ja, fand ich auch«, sage ich lächelnd.

»Willst du etwa ohne Abschiedskuss gehen?«

Gestern Abend habe ich einen anderen Alfie kennengelernt, aufrichtig und verletzlich. Jetzt schaut er mich so flehend und herzerweichend an, und ich kann gar nicht anders, als ihn zu küssen. Eigentlich würde ich auch gern noch länger bleiben. Wie er sich so im Bett rekelt, mit nackter Brust. Ah, dieser muskulöse Körper, es ist schrecklich verlockend.

Doch leider muss ich in die Agentur. Wir haben heute ein wichtiges Meeting, das ich auf keinen Fall verpassen darf! Und vorher muss ich noch nach Hause und mir etwas anziehen, das weder zerrissen noch geliehen ist.

»Tschüss«, sage ich also.

»Nein, *à bientôt*«, antwortet er.

Ah, es ist sexy, wenn er Französisch spricht, und diese Floskel klingt wie ein Versprechen.

In Alfies Jackett, das mir viel zu groß ist, gehe ich also beschwingt nach Hause. Ich schwebe vor Glück … Und dann stürze ich schmerzhaft auf den Boden der Tatsachen, als ich Gabriel aus unserem Haus kommen sehe. Ich mache sofort kehrt, doch zu spät! Er hat mich entdeckt.

»Emily, guten Morgen! Oder ist es noch Nacht für dich?«

»Und wo treibt es dich so früh hin?«, kontere ich schnell.

»Auf den Markt. Da sollte man vor sieben Uhr sein, sonst sind die besten Produkte weg.«

Mein Ablenkungsmanöver hat nicht funktioniert. Gabriel mustert mich von oben bis unten.

»Und wo kommst du her? In einem Männerjackett?«

»Das? Nein, das ist meins. Der übergroße Power-Suit-Look ist gerade sehr in. Viel Glück auf dem Markt!«

Warum begegne ich Gabriel immer dann, wenn es überhaupt nicht passt?

Und warum habe ich ihm nicht einfach die Wahrheit gesagt?

Ich meine, ich habe ihm schließlich sehr deutlich gemacht, dass zwischen uns nichts mehr läuft. Da darf ich ja wohl mit anderen Männern Crêpes essen und auch sonst alles tun, was ich will.

Oder?

Nur ein One-Night-Stand?

Bei dem Meeting mit dem Pelotech-Vertreter, der uns begeistert sein futuristisches Cardiobike vorstellt, schicke ich Alfie eine Nachricht. Eine *zweite* Nachricht, denn er hat auf die erste nicht geantwortet. Ich glaube, ich vermisse ihn jetzt schon … Aber sein Schweigen macht mich nervös. Vielleicht habe ich sein *à bientôt* falsch interpretiert. Vielleicht meinte er nur »Bis bald beim Französischkurs«.

Oh, und was, wenn sein Abschiedskuss als endgültiger Abschied gemeint war?

Vielleicht habe ich alles total falsch verstanden. Wäre ja nicht das erste Mal.

Sooft ich auch mein Handy checke, es vibriert einfach nicht. Ich schicke noch eine Nachricht, dann noch eine …

Nachmittags halte ich es nicht mehr aus. Ich gehe raus und rufe ihn an.

»Hey, ich bin's, Alfie. Wer hinterlässt heute noch Sprachnachrichten? … Pieeep.«

Okaaay. Anrufbeantworter. Ich setze mein schönstes Lächeln auf – das hört man nämlich am Telefon.

»Hey, Alfie, ich …«

»Reingelegt!«, unterbricht mich seine Stimme. »Ich habe selber gepiept. Hier kommt der echte Piep.«

»Ich bin voll reingefallen«, beginne ich erneut. »Das passt zu dir. Also, ich bin's, Emily. Emily Cooper aus dem Französischkurs. Aber das weißt du ja schon. Dein Piep-Trick hat mich echt durcheinandergebracht. Ich rufe nur wegen deines Jacketts an, und …«

Ah, verdammt, jetzt kommt schon der Schlusspiep. Diese Nachricht ist ja megapeinlich. Ich lösche sie schnell, um eine neue aufzunehmen.

Genau in diesem Moment taucht Julien hinter mir auf.

»Oh, das klang ja verzweifelt.«

»War es auch«, bestätige ich. »Ich habe jemanden kennengelernt, und …«

Er hebt abwehrend die Hand.

»Bitte erspar mir die Details.«

»Aber gern. Jedenfalls antwortet er jetzt nicht mehr auf meine Nachrichten. Das ist übel, oder?«

»Wenn es länger als vierundzwanzig Stunden her ist, steht er entweder nicht auf dich, oder du solltest eine Vermisstenanzeige aufgeben.«

Ja, okay, ich hab's ja verstanden.

Für Alfie war ich nur ein One-Night-Stand. Ich

hasse diesen Ausdruck. Ich komme mir dabei vor wie ein weggeworfenes Taschentuch.

Da gesellt sich Luc zu uns, mit seinem Fahrrad.

»Ah, die freie Natur!«, seufzt er. »*So* fahren wir in Paris Fahrrad, Emily.«

Luc – und auch die anderen Franzosen – haben sich bei der Pelotech-Präsentation nämlich ziemlich über das Konzept des Hometrainers lustig gemacht.

Jetzt fährt er also stolz mit seinem »echten« Fahrrad los, kommt aber keine zwei Meter weit, weil er einen anderen Radfahrer rammt.

Und dann brüllen sich die beiden an und hauen sich die übelsten Schimpfwörter um die Ohren. Immerhin verstehe ich davon das meiste. Fluchen lernt man ja schnell.

Kaum ist der andere weitergefahren, dreht sich Luc winkend und breit lächelnd zu Julien und mir um, als wäre nichts gewesen.

So fährt man in Paris also Fahrrad?

Indem man sich wüst beschimpft?

Die Franzosen sind wirklich ein seltsames Völkchen.

Von Geistern und Stieren

Am nächsten Tag sitzen Mindy und ich auf einer Terrasse und versuchen, die anhaltende Hitze mit kühlen Getränken besser zu ertragen. Jetzt habe ich schon seit zwei Tagen nichts von Alfie gehört, es macht mich wahnsinnig! Ich brauche dringend Mindys Beistand.

»Okay, es ist offiziell: Alfie ist ein Arsch!«, verkünde ich.

»Bist du sicher, dass er dich ghostet?«, fragt Mindy. »So lange ist es doch noch gar nicht her.«

»Ich habe schon so viele Textnachrichten geschickt.«

»Wie viele?«, will Mindy wissen und nimmt mir das Handy aus der Hand.

Ich schäme mich in Grund und Boden, als sie meine Nachrichten-Kolonne entdeckt. Ich weiß. Ich habe es übertrieben. Aber ich kann mich einfach nicht zurückhalten. Ich wünsche mir so sehr, dass Alfie antwortet! Ich will ihn wiedersehen und ihn wieder spüren. Und außerdem dachte ich, das zwischen uns sei etwas Besonderes. Vielleicht nicht die »große Liebe«, aber wenigstens der Anfang von etwas, kein sofortiges Ende.

Aber da lag ich wohl voll daneben. Es ist schwer, das zu akzeptieren.

»Du hast dich in ihn verliebt!«, folgert Mindy.

»Was? Vielleicht, aber das ist schnell wieder vergangen.«

Im Ernst, das tut man einfach nicht, jemanden so achtlos fallen lassen. Genau! Ich muss wütend sein! Dann bin ich wenigstens nicht so traurig und schrecklich enttäuscht. Stattdessen werde ich einfach *très, très, très* wütend auf Alfie sein. Wie ein wilder Stier!

»Und jetzt muss ich ihn im Französischkurs treffen«, jammere ich.

»Es sei denn, er ghostet dich da auch«, meint Mindy. »Ich meine, so ist das mit Geistern. Sie lösen sich einfach in Luft auf, oder?«

Alfie schläft mit mir, und dann löst er sich in Luft auf?

Na, vielen Dank, das ist ja ein toller Trost.

Das Jackett ist schuld

Am Nachmittag bekomme ich eine seltsame Nachricht von Gabriel: »Im Restaurant wartet ein Engländer auf dich.«

Hein? Ich kenne nur einen Engländer, und der heißt Alfie! Aber was hat der bei Gabriel verloren?

Ich eile zum Restaurant und finde dort Gabriel und Alfie beim Fußballgucken, Frankreich gegen England. Und sie scheinen sich super zu verstehen.

»Oh, Cooper«, begrüßt mich Alfie mit fröhlichem Lächeln.

Warum ist er froh, mich zu sehen, nachdem er sich zwei Tage lang totgestellt hat? Ich verstehe überhaupt nichts mehr.

»Emily«, grüßt Gabriel seinerseits.

Oh là là, das wird mir jetzt etwas zu heiß mit den beiden.

»*Bonjour*. Hi!«, antworte ich unsicher.

Zum Glück wird Gabriel dann in die Küche gerufen, und ich kann mir Alfie vorknöpfen.

»Du schreibst mir nicht, du rufst nicht an, und jetzt tauchst du hier auf?«

»*What?* Ich habe mein Handy verloren und konnte dich nicht kontaktieren. Ich habe vergessen, wo du arbeitest, aber ich habe mich an den Namen des Restaurants erinnert«, rechtfertigt Alfie sich.

Oh, er hat sein Handy verloren! Das erklärt sein Schweigen. Und er hat alles versucht, um mich zu finden. Ich nehme zurück, was ich gesagt habe: Alfie ist überhaupt kein Arsch. Er ist total süß! Gabriel kommt zurück, und sie kommentieren zusammen das Fußballspiel wie zwei alte Freunde. Bestimmt haben sie auch über mich geredet, wenigstens ein bisschen. Wie hat Alfie sich Gabriel vorgestellt? Als Freund aus dem Französischkurs oder als »mein« Freund?

Plötzlich dreht er sich zu mir um.

»Gibst du es mir wieder?«

»Was denn?«

»Na, mein Handy. Ich vermute, es ist in der Anzugjacke, die du mir geklaut hast.«

Ah. Aaah! Ich weiß nicht, wohin mit mir. Gabriel wirkt überrascht. Kein Wunder, er weiß jetzt, dass ich ihn angelogen habe, als wir uns frühmorgens begegnet sind. Das Oversize-Jackett gehörte nicht mir.

»Oh, *diese* Jacke«, sagt er auch prompt.

»Ja, die.«

Um weitere Fragen zu vermeiden, gehe ich schnell zu mir, um das Beweisstück der Nacht, die ich mit Alfie verbracht habe, zu holen. Zu Hause hängt Mindy auf dem Sofa und lässt sich von einem Ventilator anpusten. Wo hat sie den denn her? Wegen der Hitzewelle waren sie überall ausverkauft.

»Oh, du hast einen Venti?«

»Jap. Das war ein Geschenk«, antwortet sie und zeigt mir einen Zettel von Benoît: »Bleib cool, meine schöne Muse.«

Hach, ist das niedlich!

Und Mindy sieht so glücklich aus.

»Er ist sehr verliebt in dich«, stelle ich fest.

»Ja, und er ist sehr pleite. Bestimmt hat er den Ventilator aus dem Müll gefischt. Das macht ihn umso süßer!«, schwärmt Mindy.

Ich durchsuche die Taschen von Alfies Jackett.

»Weißt du was? Alfie ist übrigens doch kein Geist. Er hat nicht geantwortet, weil ich sein Handy hatte. Es war in seinem Jackett.«

»Also warst eigentlich du der Geist.«

»Genau. Und jetzt muss ich runter. Er wartet nämlich in Gabriels Restaurant. Sie schauen Fußball, zusammen.«

»Oh, verdammt!«

Ja, das bringt es auf den Punkt. Aber ich habe jetzt keine Zeit, Mindy die Sache zu erklären. Ich muss zurück ins Restaurant und Alfie schnell von Gabriel weglotsen.

Letzterer steht rauchend vor dem Restaurant, als ich dort ankomme. Er wirkt nachdenklich.

»Hey, das tut mir wirklich leid«, sage ich.

»Als du meintest, mit uns wird das nichts, war es also nicht wegen des Verfallsdatums. Du hattest einen anderen. Er ist der Grund.«

»Ja, kann sein, dass er der Grund ist«, gebe ich zögernd zu.

»Es ist gut, die Wahrheit zu kennen. Auch wenn sie wehtut. Ich will, dass du glücklich bist, Emily. Ich möchte nur nicht von der Seitenlinie aus zusehen, wie du dich verliebst.«

Ja, mir hat es auch wehgetan, ihn mit Camille glücklich zu sehen. Aber er darf nicht von dem Pakt erfahren, den ich mit ihr geschlossen habe. Niemals. Und außerdem ist es nicht gelogen: Ich mag Alfie. Sehr sogar. Wenn er mich ansieht, funkeln seine Augen. Und in diesem Funkeln fühle ich mich schön.

Und ein weiterer wichtiger Punkt: Ich habe Alfie für mich allein. Diesen Crêpe muss ich mit niemandem teilen!

Und da kommt er aus dem Restaurant.

»Frankreich hat verloren!«, prahlt er vor Gabriel.

Oh, uff, er meint das Fußballspiel! Ich gebe ihm schnell sein Jackett zurück, und er fragt, ob wir noch

»einen zwitschern« gehen. Ja, bitte, ich brauche Alkohol! Und ich will hier weg. Denn die ganze Situation
ist mir ziemlich unangenehm. Wir gehen ein paar
Schritte, und Alfie durchsucht seine Taschen nach
dem Handy. Doch das habe ich.

»Bevor du es wiederkriegst, muss ich noch ein paar
Nachrichten löschen«, gestehe ich.

»Okay. Wie viele waren es denn?«

»Zu viele.«

»Oh, Cooper«, sagt er lachend. »Du magst mich?«

Darauf sage ich nichts, denn er kennt die Antwort
bereits.

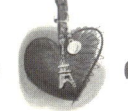

Die Camille-Challenge

Dank Alfie sehe ich das Leben ganz in Rosarot, so wie in dem berühmten französischen Chanson *La vie en rose*, das Mindy einst so schön im Park gesungen hat. Ich kann natürlich nicht so gut singen wie sie, aber ich trällere trotzdem auf dem Weg zur Arbeit vor mich hin. Alfie hat mich für heute Abend zum Essen eingeladen. Ich freu mich so!

Doch vorher steht noch ein Meeting mit meinen Kollegen und Camille auf dem Programm. Ich habe mich total reingehängt, um eine tolle Kampagne für den Spritzchampagner zu gestalten. Ich hoffe, sie gefällt Camille. Ich möchte ihr beweisen, dass sie mir wirklich wieder vertrauen kann.

Und nun sitzt sie mir am runden Tisch im Konferenzraum gegenüber und lächelt mich an.

»Camille, ich bin so dankbar, dass ich den Champère-Account wieder betreuen darf«, sage ich voller Emotion.

»Emily, Champère war deine Idee. Ohne dich wären

wir nicht hier«, antwortet Camille, ebenfalls sichtlich gerührt.

»Es freut mich, das von dir zu hören. Also jetzt, da Champère besser bekannt ist, möchte ich euch eine neue Kampagne vorstellen. Die ›Champère-Challenge‹.«

Ich starte das Video mit dem Slogan »Wie lässt du die Korken knallen?«. Darin sieht man, wie Leute auf verschiedenste Weise eine Champagnerflasche öffnen: mit einem High Heel, mit Hilfe eines Hundes, und so weiter.

»Es ist witzig und macht Champère für jeden zugänglich«, kommentiere ich. »Luxus für jeden Tag. Wir würden die Challenge dann nächste Woche auf Instagram starten. Wenn du und deine Familie damit einverstanden seid?«

Camille lächelt zwar, aber ich sehe ihr an, dass etwas nicht stimmt.

»Ja, das wird bestimmt lustig«, sagt sie. »Aber bevor wir weitermachen, muss ich Ihnen allen noch etwas zeigen. Sehen Sie selbst.«

Camille reicht uns ihr Handy, und wir sehen ein Champère-Werbevideo mit Camilles Vater. Er trägt einen roten Anzug und steht in einem ziemlich dunklen Raum an einem Tisch, auf dem eine Champagnerflasche und mehrere Gläser stehen.

»Es geht im Leben doch immer nur um eins, ums

Vergnügen«, verkündet er theatralisch. »Trinken Sie ein Gläschen mit mir?«

Er schenkt sich ein Glas ein, nimmt einen Schluck und fährt fort:

»*Je suis le Champère.* Prost!«

Wir sitzen alle bestürzt und betreten da.

»Er ist abtrünnig geworden«, sagt Sylvie. »Er weiß doch, dass er den Champère verspritzen soll, oder?«

»Wir müssen Gérard das Konzept wohl nochmal erklären«, sage ich leicht verlegen.

»Emily, du hast meinem Vater eine Identität als Champère gegeben. Und jetzt will er auch das Gesicht der Marke sein.«

»Er definiert sich über einen zweitklassigen Champagner?«, sinniert Luc. »Erstaunlich, dass man nie weiß, wohin ein Mann sich entwickelt.«

Ich weiß dafür umso besser, wohin diese Kampagne sich entwickeln wird, wenn wir Gérard machen lassen. Sie wird ein riesiger Flop! Aber wir können ihn – der buchstäblich der Vater von Cham*père* ist – auch nicht einfach übergehen. Wir müssen einen Kompromiss finden.

»Weißt du was«, sagt da Camille, »am besten kommst du am Wochenende mit mir zum *Château*. Dann können wir ein Video mit ihm drehen, das *wir* gut finden.«

»Nun, Dom Pérignon hat Lady Gaga. Wir haben

Champère. Wer wäre als Markengesicht besser geeignet als der Champère persönlich?«

Julien scheint die Idee auch zu gefallen.

»Ja, und wenn wir es richtig anstellen, könnte er zu einer Schwulen-Ikone werden.«

Sylvie seufzt und fasst sich an die Stirn. Für mich ist die Hauptsache, dass die Kampagne Erfolg hat.

Und wenn Camille mich zu ihren Eltern einlädt, heißt das doch, dass wir wirklich wieder Freundinnen werden können, oder?

So wie früher.

Schon wieder!

Am Abend packe ich meinen Koffer für das Wochenende in der Champagne. Und das scheint Mindy sehr zu freuen. Ich glaube, ich weiß, warum. Wenn ich weg bin, hat sie sturmfrei und kann sich hier in der Wohnung mit Benoît vergnügen.

»Und? Wann kommst du wieder?«, fragt sie.

»Ach, ich bleibe nur eine Nacht. Kurz hin und gleich wieder weg.«

»Oh«, sagt Mindy enttäuscht. »Ich finde es toll, dass du dich mit Camille wieder vertragen hast. Bleib doch ein paar Tage.«

Ha, wusste ich's doch!

»Mindy, du kannst immer mit Benoît in die Wohnung. Ich mache dann einfach einen langen, langen Spaziergang.«

Ich würde sogar einmal ganz Paris umrunden, wenn es den beiden Turteltäubchen hilft! Seit Mindy mit Benoît zusammen ist, strahlt sie nur noch. Sie ist so glücklich, und das macht mich auch froh.

»Ich fühle mich wie mit fünfzehn bei meinem ersten Freund. Na ja, oder mit siebzehn. Jedenfalls bin ich total nervös. Wir spielen nachher auf dem Place des Vosges, falls du vorbeikommen willst?«

»Alfie und ich gehen essen«, sage ich bedauernd. »Aber vielleicht kommen wir danach vorbei.«

Das entlockt Mindy Jubelgeschrei.

»Ja, super Idee! Dann lerne ich Alfie endlich mal kennen.«

»Das tust du sowieso. Er holt mich gleich ab.«

Ich hoffe, Alfie führt mich in ein romantisches Restaurant aus, an einen Ort, an dem man träumen kann. Ich möchte mit ihm auf Wolke sieben schweben …

Während ich mir noch unser romantisches Date ausmale, schickt er mir eine Nachricht.

»Ich bin im Pub gegenüber.«

Hein? Es gibt hier keinen Pub.

»In welchem Pub?«, frage ich daher.

»Na, das Restaurant Chez Dingsbums.«

Ich sehe Mindy an.

»Alfie wartet in Gabriels Restaurant!«, rufe ich alarmiert aus.

Und dann sagen wir wie aus einem Munde:

»Schon wieder?!«

Panisch laufe ich zum Restaurant. Alfie und Gabriel »zwitschern« gemütlich einen zusammen – wie Alfie sagen würde. So war das nicht geplant! Ich wollte ein zweisames Tête-à-Tête, kein Bierchen mit meinem Ex! Also, Quasi-Ex.

»Was machst du hier?«, frage ich Alfie.

»Ach, ich war früh dran und hatte Durst. Also habe ich mir ein Wartebier gegönnt.«

»Du trinkst Bier?«, frage ich Gabriel erstaunt.

»Das kommt aus dem Elsass«, sagt er, als würde das alles erklären.

»Und es ist nicht übel«, fügt Alfie hinzu.

»Da sind wir uns ausnahmsweise mal einig«, scherzt Gabriel.

Und Alfie lacht. Womit habe ich das verdient?

»Wusstest du, dass er schon mit dreizehn in der Küche schuften musste? Haufenweise Kartoffeln schälen«, erzählt Alfie.

Nein, das wusste ich nicht. Und warum weiß Alfie es jetzt? Was haben die beiden sich sonst noch alles anvertraut? Vielleicht, wie sie mit mir Crêpes gegessen haben? Ihr wisst schon, was ich meine … Zu Hilfe!

Ich will nur noch eins: Alfie so schnell wie möglich von Gabriel wegbringen, und zwar ganz, ganz weit weg.

»Gehen wir?«, sage ich zu ihm und unterbreche damit das Geplänkel.

»Ich habe überlegt, ob wir nicht hier essen sollen. Ich finde, das Essen sieht super aus.«

Wie bitte? Nein! Kann mich bitte jemand aus diesem Albtraum erlösen?

»Es gibt bestimmt keinen freien Tisch mehr«, wende ich ein.

Doch da stößt Alfie Gabriel freundschaftlich mit dem Ellenbogen an und sagt:

»Ach, der Chef kann uns doch bestimmt einen besorgen.«

»Es wäre mir ein Vergnügen«, antwortet dieser.

Genial.

Wie soll ich einen romantischen Abend mit Alfie verbringen, wenn Gabriel die ganze Zeit um uns herumgeistert?

Rache ist süß

Vielleicht wird der Abend doch kein komplettes Desaster. Alfie schmeckt Gabriels Essen ausgezeichnet. Wir sprechen über meine Arbeit, er ist aufmerksam und zeigt sich bewundernd.

»Ich muss tagein, tagaus Zahlen hin- und herschieben«, sagt er resigniert. »Der Höhepunkt ist Dinner mit dir.«

Oh, wie könnte ich da nicht dahinschmelzen?

Aber nein, Romantik ist uns heute nicht vergönnt, denn Gabriel kommt an und fragt:

»Und, wie schmeckt's euch?«

»Ah, der Chef persönlich! Es schmeckt hervorragend«, empfängt ihn Alfie. »Du hast echt was drauf.«

Ich bete innerlich, dass Gabriel verschwindet, doch stattdessen sagt er:

»Woher kennt ihr euch eigentlich? Ihr seid so ein süßes Paar.«

»Aus dem Französischkurs«, antwortet Alfie. »Ich fand sie erst ziemlich nervig.«

»Danke, ebenso«, gebe ich zurück.

Er lächelt mich an und schaut mir tief in die Augen.

»Aber dann ist sie mir ans Herz gewachsen.«

»Das ist ja süß«, sagt Gabriel.

Ja, das finde ich auch, aber muss er sich schon wieder einmischen?

»Und wie hat es dich eigentlich nach Paris verschlagen, Alfie?«

Hört er denn nie auf?

»Ich arbeite für eine britische Bank. Wir betreuen die Fusion mit einer französischen Firma. Aber das ist langweilig. Emily hat hier den coolen Job. Sie fährt morgen für die Arbeit zu einem Schloss in der Champagne.«

Dann bekommt Alfie einen Anruf von der Arbeit und geht dafür raus. Und ich werde die Zeit nutzen, Gabriel zur Rede zu stellen. Er hat uns den Tisch sicher nur besorgt, weil es ihm Spaß macht, mich in der Bredouille zu sehen. Das erkenne ich an seinem schelmischen Lächeln. Es treibt mich noch in den Wahnsinn!

»Wie ich sehe, amüsierst du dich blendend«, sage ich.

»Du fährst also mit Camille in die Champagne?«, fragt er.

»Für einen Neuanfang. Scheint mein Lebensmotto zu sein.«

»Richte ihr schöne Grüße aus. Und ich glaube, ich weiß jetzt, was dein Typ ist: Brite, unkomplizierter.«

»Ja, viel unkomplizierter«, antworte ich mit aufgesetztem Lächeln. »Er hat keine Freundin, die auch meine Freundin ist.«

Darauf fällt Gabriel nichts mehr ein.

Dann kommt Alfie zurück, und uns wird ein Gang nach dem anderen serviert. Insgesamt sind es vier. Und dazu kommen noch Käse und Dessert. Und alles geht aufs Haus. Keine Ahnung, warum Gabriel plötzlich so spendabel ist, bisher habe ich immer bezahlt.

Aber Alfie gefällt's, er hat gut zugeschlagen, beim Essen und beim Wein. Endlich sind wir draußen, und als er mich an sich zieht, um mich zu küssen, fühle ich mich schon wieder wie im Paradies … bis er mir mitten ins Gesicht rülpst.

Das ist nun wirklich alles andere als romantisch! Aber gut, der Arme hat es ja nicht mit Absicht gemacht. Er stammelt eine Entschuldigung.

»Nein, alles gut«, sage ich, um ihn zu beruhigen, kann mir ein Lachen aber nicht verkneifen.

Dann muss er auch lachen.

»Also nach dem ganzen Essen habe ich jetzt, glaube ich, gerade noch die Kraft, mich ins Bett fallen zu lassen«, sagt er kleinlaut.

»Klar, schon gut. Ich muss ja morgen auch früh raus«, antworte ich.

Ja, natürlich, ein bisschen enttäuscht bin ich schon. So hatte ich mir dieses Date nicht vorgestellt. Aber dann eben nach dem Wochenende. Vorfreude ist schließlich die schönste Freude.

»Dann sehen wir uns, wenn du zurück bist?«, schlägt er vor.

»Ja, natürlich.«

Dann ruft Alfie plötzlich: »Du!«, und er meint Gabriel. Der beobachtet uns nämlich von der Restauranttür aus.

Alfie macht ihm durch Gesten deutlich, dass er zu viel gegessen hat. Und das scheint Gabriel über alle Maßen zu freuen.

Deshalb hat er uns – und vor allem Alfie – heute so vollgestopft – wir mussten am Ende noch alle Desserts probieren! Er wollte, dass Alfie nicht mehr in der Lage ist, noch einen *anderen* Nachtisch zu verkosten.

Das war Gabriels süße Rache.

Horrorshow in der Champagne

Wieder mit Camille in der Champagne zu sein fühlt sich etwas seltsam an. Es ist so viel passiert seit meinem letzten Besuch. Außerdem habe ich hier die größte Schmach meines Lebens erlebt, und zwar mit Timothée, Camilles kleinem Bruder. Er ist viel jünger, als ich dachte, und ich habe champagnertrunken mit ihm geschlafen. So peinlich!

Doch Camilles Eltern begrüßen mich herzlich.

»Ah, hallo, Emily«, ruft ihre Mutter und drückt mir Küsschen auf die Wangen. »Schön, dass du wieder in der Champagne bist.«

»Der Champère wartet auf die Nahaufnahme!«, verkündet dann Gérard in seiner theatralischen Art.

Welch Enthusiasmus!

Und Camille, die noch das Gepäck aus dem Kofferraum ihres Cabrios holt, sagt:

»Ja, Papa, Emily hatte eine super Idee. Sie möchte, dass du als Erster zur großen Champère-Challenge antrittst.«

»Das ist eine neue Internet-Kampagne. Wir fordern die Leute dazu heraus, auf möglichst kreative Weise eine Champère-Flasche zu öffnen«, erkläre ich.

»Mit dem Slogan: ›Wie lässt du den Korken knallen?‹«, ergänzt Camille.

Ihr Vater scheint begeistert zu sein. Puh, eine Sorge weniger!

Wir gehen ins Haus, und Gérard erzählt, dass er Champagnerflaschen auf einzigartige Weise öffnen kann. Ich solle mich auf etwas gefasst machen. Wow!

Im Wohnzimmer steht Timothée mit ein paar Teenagern – die auch so aussehen, im Gegensatz zu ihm.

»Hi, Emily«, sagt er und begrüßt mich per Küsschen. »Schön, dich wiederzusehen.«

Oh my God! Ich hätte auf dieses Wiedersehen gern verzichtet. Und vor allem auf das Publikum aus glotzenden Teenies.

»Das sind Schulfreunde von mir«, erläutert Timothée. »Wie du siehst, war ich beim Frisör.«

»Ja, sieht gut aus«, antworte ich.

Zum Glück wird diese unangenehme Situation von einem Klopfen an der Terrassentür unterbrochen. Es ist ein Journalist, der über die Champère-Challenge berichten will. Ja, bitte, an die Arbeit!

Für die Aufnahmen gehen wir in den Schlosspark. Es ist eine großartige Kulisse. Und das Licht ist perfekt. Diese Challenge wird einfach mega! Während der Journalist seine Kamera vorbereitet, schicke ich Alfie ein Foto von dieser Idylle, mit dem Kommentar: »Das ist heute mein Büro.« Ich möchte ihn nicht neidisch machen, sondern ihm nur zeigen, dass ich an ihn denke.

»Ich lasse den Korken immer auf eine besondere Weise knallen«, verkündet Gérard.

»Toll, ich kann es kaum erwarten!«

Ja, ich bin wirklich sehr gespannt, was er vorbereitet hat.

Und auf Alfies Antwort bin ich auch gespannt. Ah, da ist sie schon. Haha, er schickt mir ein Foto von sich im Pub und schreibt dazu »Mein Büro«.

Ach, er ist wirklich süß. Und supersexy, egal ob live oder auf dem Display. Und er bringt mich zum Lachen.

»Was gibt's denn bei dir zu grinsen?«, fragt Camille.

»Ach, das ist der Engländer aus meinem Französischkurs, den ich momentan date.«

»Ah, wieso hast du denn nichts erzählt? Wie sieht er aus?«

Ich zeige ihr das Foto.

»Wow, ist der heiß!«

Joa, da würde ich jetzt nicht widersprechen.

»Ja«, stimme ich also zu. »Und er ist süß und witzig.«

»Das freut mich für dich«, sagt Camille.

Der Journalist ist fertig, und es kann losgehen. Der

Star des Tages: Gérard. Er hält eine Champagnerflasche in der Hand.

»Timothée, bring mir den Säbel!«, ruft er.

Und dann schlägt er mit einem Hieb den Korken von der Flasche. Ich bin platt! Keine Frage, damit liegt er bei der Challenge ganz weit vorn.

»Wow! Ich bin begeistert! Können wir das nochmal machen? Du sagst: ›*Je suis le Champère*‹, und so lasse ich den Korken knallen!‹ Und dann machst du das mit dem Säbel«, weise ich ihn an.

»Okay«, stimmt er freudig zu. »Timothée, noch eine Flasche.«

Zweiter Versuch – perfekt! Nur dummerweise hat mein Handy nicht aufgenommen. Zum Glück macht es Gérard gar nichts aus, das Ganze nochmal zu wiederholen. Es scheint ihm Spaß zu machen. Dieses Mal klappt es! Und Action!

»*Je suis le Champère*«, sagt Gérard in die Kamera. »Und so lasse ich den Korken knallen!«

Er setzt den Säbel an und … Dann ertönt ein Schmerzensschrei.

Mir spritzt Blut ins Gesicht. Camille kippt um. Und Timothée brüllt. Ich kann mich nicht bewegen. Ich kann nicht sprechen. Ich sehe Gérards Daumen, oder genauer gesagt das, was davon noch übrig ist. Denn es fehlt ein Stück.

Ich bin wie gelähmt.

»Timothée, mein Daumen!«, ruft der Verletzte und bricht zusammen.

Sein Sohn wickelt ihm sein T-Shirt um die Hand und sagt:

»Emily, hilf mir, den Daumen zu suchen!«

What? Es ist wie Ostereiersuche in einem Horrorfilm. Aber ich finde das Daumenstück tatsächlich im Gras.

»Da liegt er«, sage ich angeekelt.

Timothée sammelt die Fingerkuppe auf und steckt sie in einen Eiseimer. Den drückt er mir in die Hand.

»Hier, nimm das! Und komm mit«, weist er mich an.

Und der Journalist hat die ganze Zeit den Finger am Auslöser. Klick, klick, klick. Aber ich bin zu schockiert, um irgendetwas zu sagen. Timothée setzt sich mit seinem Vater nach hinten ins Auto.

»Wir fahren ins Krankenhaus, ich sage dir, wo es langgeht.«

»Was? Ich soll fahren?«, frage ich.

»Ja, bitte.«

Okaaay. Es ist ein Schaltwagen. Mit sowas bin ich erst einmal gefahren, und das war kein großer Erfolg. Wieso können Franzosen denn nicht einfach Automatik fahren? Müssen sie sich das Leben extra schwer machen? Und dann heißt es immer, ich wolle alles kontrollieren, pfff! Jetzt hätte ich nichts dagegen, etwas Kontrolle an das Auto abzugeben.

Na ja, es hilft ja nichts. Ich atme einmal tief durch und lege den ersten Gang ein – glaube ich. Das Auto bockt etwas, doch dann fahren wir in annehmbarer Geschwindigkeit.

Oh, bitte, bitte, lass das Krankenhaus nicht weit weg sein!

Und der Pakt?

Keine Ahnung, wie, aber ich habe es geschafft, bis zum Krankenhaus zu fahren – und wieder zurück! Danach gehe ich in mein Zimmer und lasse mich aufs Bett fallen. Was für ein Albtraum! Ich sehe mir das Horrorvideo nochmal an, und obwohl ich weiß, wie es ausgeht, bin ich genauso geschockt wie beim ersten Mal. Blutspritzer auf der Kamera! Ich wollte nur filmen, wie jemand auf lustige Weise eine Champagnerflasche öffnet. Jetzt ist es ein Splattermovie à la »Säbelmassaker im Schlosspark«. Wie konnte das nur so schiefgehen?

Wenn es doch bloß ein Mauseloch gäbe, in das ich kriechen könnte, um nie wieder herauszukommen!

Stattdessen schließe ich die Augen, und ... ich muss wohl eingeschlafen sein.

Zwei Stunden später werde ich von Stimmen und Gelächter geweckt. Es kommt von draußen. Ich höre auch Gérard deutlich heraus. Ich gehe auf die Terrasse, und da sitzt er fröhlich beim Abendessen, mit seiner Frau, seinen Kindern und ... Gabriel.

»Emily, du bist wach!«, begrüßt mich eine strahlende Camille.

»Tut mir leid, ich habe wohl das Essen verschlafen.«

»Kein Problem, ich wollte dich nur nicht wecken«, antwortet Camille. »Aber sieh mal, wer da ist!«

»Hey«, sagt Gabriel. »Ich habe das Video von dem Unfall gesehen. Und …«

»Welcher Unfall denn?«, unterbricht ihn Gérard und zeigt auf seine bandagierte Hand. »Das war nur die Spitze des Daumens.«

Sie reden und lachen. Alle sehen glücklich aus. Und es ist, als würde Gabriel zur Familie gehören.

Nach dem Essen, als ich mich gerade bettfertig mache, kommt Camille in mein Zimmer.

»Puh, was für ein Tag!«, sagt sie und setzt sich zu mir aufs Bett. »Es ist so nett, dass Gabriel hergekommen ist und sich Sorgen gemacht hat.«

»So ist Gabriel eben.«

»Und jetzt erzähl mir von deiner neuen Eroberung. Wann lerne ich den heißen Typen kennen?«

Hach, es ist schön, so mit Camille zu reden. Ich glaube, wir sind wirklich wieder Freundinnen.

»Ich stelle ihn dir bald vor. Es ging nur unheimlich schnell, ich hatte es nicht erwartet«, gestehe ich.

In dem Moment klopft es an der Tür. Es ist Gabriel. Sofort breitet sich eine unbehagliche Stimmung aus.

»Es ist Emilys Zimmer«, sagt Camille. »Hast du uns beide hier erwartet?«

»Ja«, gibt Gabriel vor. »Ich wollte euch gute Nacht sagen.«

Camille fordert ihn auf, sich zu uns zu setzen, zwischen uns.

»Ich kann nicht glauben, dass dein Vater sich den Daumen abgeschnitten hat«, sagt Gabriel.

»Ich schon«, meint Camille. »Er macht diesen Trick schon so lange. Irgendwann musste so etwas passieren.«

»Und dann filme ich das auch noch«, werfe ich ein. »Ich Glückspilz! Da ist so viel Blut gespritzt, und genau in mein Gesicht. Und Camille ist umgekippt.«

»Du kennst mich. Ich kann kein Blut sehen«, sagt sie erklärend zu Gabriel. »Schön, dass du gekommen bist. Das freut uns, uns alle.«

»Ich habe mir Sorgen gemacht. Deine Familie ist mir wichtig«, antwortet Gabriel.

»Du bist ihnen auch wichtig. Das weißt du hoffentlich.«

»Ja, ich weiß. Und es ist schön, wieder hier zu sein. Hier schlafe ich immer so gut.«

»Das hat vielleicht etwas damit zu tun, mit wem du hier geschlafen hast. Wie werden sehen, ob es alleine auch so schön ist.«

Irgendwie fühle ich mich gerade ziemlich überflüssig.

Die beiden haben wohl vergessen, dass ich auch noch da bin.

Aber vielleicht ist das normal. Dass sie jetzt wieder zusammen hier sind, weckt sicher viele Erinnerungen.

Und Camille und ich haben schließlich einen Pakt geschlossen. Daran wird sie sich doch halten. Oder etwa nicht?

Schlussstrich

Am nächsten Morgen beim Kofferpacken höre ich Lachen durch das offene Fenster. Camille und Gabriel spazieren gemeinsam durch den Park. Sie sind sehr vertraut miteinander.

Sehr, sehr vertraut.

Hat Camille mich mit diesem Pakt hereingelegt? Wollte sie einfach nur bei Gabriel freie Bahn haben? Und wenn, ich bin nicht sauer auf sie, höchstens auf mich selbst, weil ich so naiv war.

Camille muss ihn wirklich sehr lieben, wenn sie zu solchen Mitteln greift. Und vielleicht ist es ja besser so. Dann kommt alles wieder ins Lot, so als wäre zwischen ihm und mir nie etwas gewesen.

Genau das wollte ich doch, oder?

So oder so, für mich ist dieser Champagne-Ausflug jetzt vorbei. Ich habe hier nichts mehr verloren. Und außerdem wartet in Paris Alfie auf mich.

Ich rufe ein Taxi, um zum Bahnhof zu fahren. Für meinen Geschmack könnte es gern schneller kommen. Als es endlich da ist, eile ich hinaus. Camille läuft mir hinterher.

»Willst du wirklich schon weg?«, fragt sie. »Wir können dich auch später wegbringen, Gabriel und ich.«

»Gabriel und ich.« Klar. Sie redet so, als wären die beiden schon wieder ein Paar. Und wahrscheinlich sind sie das auch. Aber ich lasse mich nicht demütigen.

»Nein, danke. Ich nehme gern jetzt den Zug. Dann bin ich schneller in Paris und kann noch an der Champère-Kampagne arbeiten.«

Ja, das sollte ich wirklich tun. Denn Sylvie wird von dem Säbelmassaker bestimmt nicht begeistert sein.

Gabriel kommt aus dem Haus und trägt mein Gepäck zum Taxi. Wir verabschieden uns.

Ich bin erleichtert, als ich endlich im Auto sitze und es losfährt. Doch zu früh gefreut, denn plötzlich kommt Timothée angeradelt. Ich lasse das Fenster herunter.

»Du reist ab?«, fragt er.

»Ja.«

»Es war schön, dich wiederzusehen. Aber ich denke, wir sollten besser einen Schlussstrich ziehen.«

»Ja, das ist in so vielen Fällen das Beste«, stimme ich zu.

Ja, ziehen wir einen Schlussstrich unter dieses ganze Chaos. Das ist genau das, was ich brauche.

Von jetzt an kann alles nur noch besser werden!

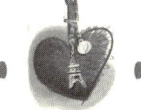

Vierer-Match

Am nächsten Wochenende lädt Gabriel Alfie ein, mit ihm Fußballspielen zu gehen. Das ist ja ihr gemeinsames Hobby. Ich weiß nicht ganz, was ich davon halten soll, als ich sie so zusammen über den Rasen rennen sehe. Einerseits freut es mich für Alfie, dass er jetzt einen Freund in Paris hat. Aber es wäre mir lieber gewesen, wenn dieser Freund nicht ausgerechnet mein Quasi-Ex wäre. Irgendwie fühlt sich das nicht richtig an.

Vielleicht liegt es auch daran, dass Camille spontan vorbeigekommen ist und mit mir zusammen dem Match zuschaut.

Sie sitzt neben mir auf der Bank und feuert Gabriel an. Dieser passt gerade den Ball zu Alfie, und … TOOOR! Ich habe von Fußball wenig Ahnung, aber die Jungs scheinen Spaß zu haben.

»Sind sie nicht süß?«, sagt Camille, weil die beiden sich jubelnd in die Arme fallen. »Gabriel lädt nicht jeden ein, mit ihm und seinen Jungs Fußball zu spielen. Das ist eine Ehre. Ich glaube, die verstehen sich richtig gut.«

»Ja, als wären wir alle eine große glückliche Familie«, stimme ich strahlend zu.

Okay, das war vielleicht ein wenig übertrieben.

»Ich freue mich wirklich für dich«, sagt Camille. »Nach allem, was du mir erzählt hast, ist Alfie perfekt für dich.«

»Ja, er ist toll«, stimme ich zu. »Aber wir haben nur Spaß. Es ist nichts Ernstes.«

»Noch nicht«, sagt Camille kokett, und nach einer kurzen Pause fragt sie: »Warum willst du nichts Ernstes?«

»Wir sind beide nur auf Durchreise in Paris.«

Das kommt mir irgendwie bekannt vor. Ach ja, das war auch mein Argument für die »Trennung« von Gabriel, weil ich ihm ja nicht von Camilles und meinem Pakt erzählen wollte. Allerdings war dieser Pakt wohl nicht in Stein gemeißelt. Oder Camille hat den Stein danach in der Seine versenkt.

Und gerade da kommt Gabriel zu uns. Er scheint – angenehm? – überrascht zu sein, Camille hier zu sehen.

»Hey«, begrüßt er sie. »Ich wusste nicht, dass du kommst.«

»Na ja, ich war gerade in der Gegend und dachte, ich schaue dir mal wieder beim Training zu.«

Sie war »gerade in der Gegend«? Genau zu der Zeit, zu der Gabriel sonntags immer trainiert? Was für ein Zufall! Diese Erklärung ist ja wohl an den Haaren herbeigezogen. Und dann streicht Camille Gabriel auch noch über die Stirn.

»Du bist ja ganz verschwitzt«, stellt sie fest.

Ach, nee. Aber das scheint sie nicht abzuschrecken, ganz im Gegenteil. Jetzt kommt auch Alfie angelaufen, ebenfalls sehr sexy in seinen Fußballklamotten.

»Na, was machen unsere Spielerfrauen?«, fragt er fröhlich.

Da ich ihn mit großen Augen ansehe, sagt er:

»Was denn? Ihr seht aus wie Spielerfrauen.«

Ich versuche, ihn mit Blicken zum Schweigen zu bringen, doch er versteht es nicht und fährt fort: »Wie Victoria Beckham.«

»Ich bin nicht Gabriels Freundin«, sagt Camille schließlich.

»Wir waren zusammen, aber ...«, fügt Gabriel hinzu.

»Wir sind alle einfach nur Freunde«, schließe ich mit einem verlegenen Lachen.

»Nur Freunde« oder ein bisschen mehr. Ich habe Alfie nicht von der verbotenen Nacht erzählt. Und Camille tut auch so, als hätte sie das alles vergessen. Das ist schon ziemlich merkwürdig, wenn man bedenkt, wie wütend sie vor Kurzem noch auf mich und Gabriel war. Aber ich kann mich auch irren. Vielleicht will sie Gabriel überhaupt nicht zurück?

So oder so spielt sie ein seltsames Spielchen, und mit Fußballtaktik hat das nichts zu tun.

Dann ist das Match zum Glück vorbei, und Alfie und ich schlendern noch ein bisschen durch die Stadt.

»Jetzt verstehe ich, warum du Paris so liebst«, sagt er. »Die beiden sind tolle Freunde.«

Tolle Freunde und nichts weiter …

»Ja, sie haben mir sehr geholfen, als ich hier neu war.«

»Läuft da noch was zwischen den beiden?«, fragt Alfie. »Ich habe da so Schwingungen gespürt.«

Ja, das habe ich auch. Ob in der Champagne, bei Camilles Eltern, oder hier, ich kann nicht richtig einschätzen, wie Camille eigentlich zu Gabriel steht, und zu mir.

»Vielleicht«, antworte ich ausweichend. »Ich weiß es nicht.«

»Ach, ist auch nicht so wichtig. Vielleicht sind sie auch einfach nur *fronsösiiisch*.«

Das wird es sein. Ich sollte aufhören, darüber nachzudenken. Themenwechsel!

»Hast du morgen Abend schon was vor?«, frage ich. »Sollen wir was essen gehen? Und zwar weder bei Gabriel noch in einem ranzigen Pub.«

Aber vor allem nicht bei Gabriel!

»Du willst ein Date mit mir, Cooper?«, sagt er neckend und legt mir einen Arm um die Schulter.

Hach, ja, bei ihm fühle ich mich wohl. Und ich freue mich jetzt schon auf morgen Abend.

Ich verabschiede mich von Alfie und gehe nach Hause, und da … erwische ich Mindy und Benoît im Bett. Also, ich nehme an, dass es Benoît ist, er versteckt sich nämlich unter der Decke. Mindy hatte gesagt, sie würden sich zum Proben treffen. Mir war nicht klar, dass das ein Codewort war. Ich gebe vor, mein Ladegerät vergessen zu haben, und lasse sie weiter … proben.

Draußen setze ich mich auf eine Bank vor unserem Haus. Es ist schönes Wetter, der Platz mit dem Brunnen ist so idyllisch, und ich atme durch und entspanne. Kurz darauf erklingt leise Gitarrenmusik aus dem Fenster unserer Wohnung. Mindy trällert ein paar Töne. Es ist wunderbar.

Ich fühle mich wie in einem Traum …

… und dann bekomme ich eine Nachricht von Madeline, meiner Chefin in Chicago. Sie kommt nach Paris! Sie sitzt sogar schon im Flieger. Juchhu! Ich freue mich, sie wiederzusehen. Die Gilbert Group schickt sie, um die Außenstelle Savoir zu überprüfen.

Das Dumme ist, dass Sylvie davon offenbar nicht in Kenntnis gesetzt wurde. Und sie hasst es, wenn man sich in ihre Angelegenheiten einmischt. Das weiß ich nur zu gut.

Ich nehme mal an, dass dieser »Kontrollbesuch« ihr nicht sonderlich gefallen wird.

Oh là là!

Sylvie. Madeline. Zwei Welten prallen aufeinander. Hoffentlich gibt es keinen allzu großen Knall!

Aber seien wir optimistisch. *Vielleicht* werden sie sich sehr gut verstehen, und *vielleicht* wird es sehr gut laufen zwischen ihnen.

Ähm, ja, ich drücke jedenfalls ganz fest die Daumen.

Und am besten werfe ich noch schnell eine Münze in den Brunnen, den ich gerade spontan zum Wunschbrunnen befördert habe!

Wenn Chefin auf Chefin trifft

Am nächsten Morgen, als ich bei der Agentur ankomme, ruft Sylvie über den Platz hinweg meinen Namen. Oh, oh! Sie hat wohl von Madelines Überraschungsbesuch erfahren. Und dem durchdringenden Ton ihrer »Emily«-Rufe nach zu urteilen, ist sie davon alles andere als begeistert.

Ich wappne mich mit meinem schönsten Lächeln und begrüße sie fröhlich:

»*Bonjour*, Sylvie!«

»*Bonjour*. Ich habe heute Morgen eine sehr überraschende Mitteilung erhalten. Stellen Sie sich vor: Jemand aus Chicago kommt her. Wussten Sie etwas davon?«

»Ja, das ist Madeline. Ich habe es selbst erst gestern Abend erfahren.«

»Gestern Abend?«, sagt sie und nimmt ihre Sonnenbrille ab. Bestimmt tut sie das, um mich besser mit ihren Blicken durchbohren zu können. »Seitdem sind Stunden vergangen, und Sie haben sich nicht gemeldet?«

»Sie haben doch gesagt: Keine Nachrichten am Wochenende!«

Also das ist mal wieder typisch französisch. Man bekommt eine klare Anweisung, und dann soll man genau das Gegenteil tun! Wie soll ich mich denn da zurechtfinden?

Madeline ist schon im Büro, sie redet mit Julien. Freudig stürze ich mich in ihre Arme. Es tut so gut, sie wiederzusehen!

»Lass dich anschauen«, sage ich und betrachte ihren Babybauch, der in ihrem engen, kurzen Kleid im Leopardenlook richtig gut zur Geltung kommt.

Dann zeigt sie auf mein Outfit.

»Lass *dich* anschauen!«, ruft sie entzückt. »Du bist ja so schick. Mit so einem kleinen Handtäschchen. Was passt denn da rein?«

Dann wendet sie sich an meine *andere* Chefin …

»Sie müssen Sylvie sein!«, sagt sie und schüttelt ihr die Hand. »Endlich lernen wir uns persönlich kennen!«

Sylvie lächelt, aber ich kenne dieses Lächeln. Es bedeutet: »Du gehst mir jetzt schon auf die Nerven.« Ja, ich kenne Sylvie inzwischen sehr gut.

»Wie kommen wir zu der Ehre Ihres spontanen Besuchs?«, fragt sie.

»Die Gilbert Group schickt regelmäßig leitende Angestellte in die Tochterunternehmen. Firmenpolitik«, erklärt Madeline.

»Schade, dass wir es so spät erfahren haben. Sonst hätten wir uns besser vorbereitet«, sagt Sylvie bedauernd.

»Ach, nein, nein, ich möchte ja sehen, wie Sie normalerweise arbeiten.«

Bilde ich mir das ein, oder sind die beiden nicht wirklich aufrichtig zueinander? Sylvie kocht innerlich vor Wut, weil sie nicht informiert wurde. Und Madeline kommt bestimmt nicht ohne Grund unangemeldet hier reingeplatzt. Sie wollte nicht, dass Sylvie sich vorbereiten kann.

Luc kommt zu uns, und ich stelle ihn schnell Madeline vor.

»Oh, Mads, wir haben gleich ein wichtiges Meeting mit Maison Lavaux«, teile ich ihr dann mit.

»Da komme ich gern dazu. Nur zum Zuschauen«, präzisiert sie angesichts Sylvies zweifelndem Blick. »Ich sage nichts. Spiele nur Mäuschen.«

»Sehr gerne«, sagt Sylvie gespielt freundlich.

Dann dreht sie sich um und zischt im Weggehen Julien etwas zu, das ich nicht verstehe. Aber es klang wie einer ihrer typisch sarkastischen Witze. So wie ich sie kenne, hat sie Julien wahrscheinlich gebeten, eine Mausefalle aufstellen.

Das fängt ja gut an.

Bald darauf kommt Antoine, und wir versammeln uns alle im Konferenzraum. Ich werde unser neues

Projekt vorstellen, das *Laboratoire Lavaux*. Wir arbeiten schon seit einer Weile daran. Es soll ein Ort sein, an dem die Kunden ihr eigenes Parfüm kreieren können. Personalisierte Produkte sind total in, und das Projekt trifft genau den Nerv der Zeit!

»Unser Hauptziel ist, den Verbrauchern deutlich zu machen, dass das Laboratoire Lavaux ein interaktives Erlebnis ist, bei dem der klassische Charakter der Marke aber dennoch erhalten bleibt.«

»Ja, klassisch, aber individuell und kreativ«, ergänzt Sylvie.

»Und gleichzeitig betonen unsere Düfte die ganz eigene Persönlichkeit eines jeden«, erläutert Antoine.

Wir haben an alles gedacht. Ich bin sehr stolz auf dieses Projekt und freue mich, es Madeline präsentieren zu können.

»Ganz genau! Sind Sie ein sonniger, fröhlicher Mensch? Dann sind Zitrusnoten perfekt für Sie.«

»Wollen Sie flirten und verführen? Dann versuchen Sie es mit Rose, Jasmin und Vanille«, sagt Julien.

»Oder wollen Sie die Grenze zwischen Maskulin und Feminin überschreiten? Dann wählen Sie Sandelholz als Basisnote«, schließt Luc.

Das war doch mal perfektes Teamwork! Und unsere Präsentation scheint Madeline gefallen zu haben, genau wie der Slogan »*Lavaux, c'est vous!*« – »Sie sind Lavaux«. Ich finde das genial!

Madeline saugt geräuschvoll mit dem Strohhalm die letzten Reste aus ihrem Kaffeebecher – was uns alle etwas irritiert –, doch dann verkündet sie:

»J'adore.«

»Das Laboratoire Lavaux ist die Krönung einer Entwicklung, die begann, als Maison Lavaux noch ein kleiner Familienbetrieb war«, sagt Antoine zufrieden.

»Ja, und seitdem haben Sie sehr viel erreicht«, unterstreicht Madeline. »Eine Parfümerie, ein Kerzenvertrieb, Kooperationen mit Global Playern wie der Zimmer Group. Jetzt das Laboratoire. Und Sie haben sogar ein Restaurant hier in Paris. Stimmt das?«

Typisch Madeline: Sie kennt ihre Dossiers in- und auswendig, so wie ich! Na, kein Wunder, schließlich habe ich bei ihr gelernt! Ich werfe noch ein, dass Gabriel, eben der Chefkoch des Chez Lavaux, auch bei der Laboratoire-Launchparty kochen wird.

»Sie haben sich da viel aufgebaut, Antoine«, sagt Madeline. »Und Savoir hat Sie bei jedem Schritt begleitet.«

»Ohne Savoir hätten wir das nicht geschafft«, bestätigt Antoine.

»Wunderbar. Das ist einfach wunderbar. Ich finde, es gibt nichts Schöneres als Wachstum«, schließt Madeline begeistert.

»Na, dann ist es ja gut, dass Sie schwanger sind.«

Haha, dieser witzige Einwurf kam natürlich von Luc.

Und Madeline lacht schallend darüber. Alle Beteiligten wirken entspannt, sogar Sylvie. Na ja, jedenfalls hat sie ihre Mausefalle nicht ausgepackt.

Alles ist gut. Ich weiß gar nicht, warum ich mir überhaupt Sorgen gemacht habe.

Ein Sturzbach aus Tränen

Am Abend gehe ich mit Madeline zu dem Platz, wo Mindy und ihre Band heute auftreten. Auf dem Weg dahin wird mir klar, warum Madeline bei dem Meeting so auf der phänomenalen Entwicklung von Maison Lavaux herumgeritten ist. Sie hat sich die Bilanzen angesehen und glaubt, dass da etwas nicht stimmt. Maison Lavaux hat zum Beispiel große Umsatzzuwächse, aber sie zahlen Savoir immer noch die gleichen Honorare wie am Anfang. Dabei hätten die sich inzwischen mindestens verdoppeln sollen.

Ich muss zugeben, dass mich das etwas wundert.

Ebenso verwundert bin ich, als ich sehe, dass nur Mindys Bandkollegen Benoît und Étienne da sind. Ich entschuldige mich bei Madeline und gehe zu ihnen.

»Hi, Leute. Wo ist Mindy?«

»Die ist abgeschwirrt«, sagt Étienne flapsig.

»Sie ist nach Hause gegangen«, erklärt Benoît. Er sieht sehr ernst aus. »Sie wird es dir schon erzählen. Wusstest du, wer sie wirklich ist?«

Was ist das denn für eine seltsame Frage?

»Das Geheimnis ist gelüftet. Wir wissen, wer die echte Mindy ist«, sagt Étienne. »Wahrscheinlich ist sie sich zu fein, um noch mit uns auf der Straße zu singen.«

Die »echte Mindy« ist ein absolut liebenswerter Mensch, die großzügigste, fröhlichste, aufmerksamste Frau, die ich kenne. Dass sie Milliardärstochter ist, spielt überhaupt keine Rolle. Ich kann nicht fassen, dass diese beiden Typen jetzt etwas anderes behaupten!

»Hört zu, ich habe keine Ahnung, was hier passiert ist, aber ich weiß, dass du Mindy wahnsinnig wichtig bist«, sage ich zu Benoît. »Vielleicht hat sie dir ihre Geschichte nicht erzählt, weil sie Angst hatte, dass du dann voreingenommen wärst. Und offenbar hatte sie damit auch recht.«

Ich lasse die beiden und Madeline auf dem Platz zurück und laufe nach Hause. Arme Mindy! Ich mag mir gar nicht vorstellen, wie sie sich fühlen muss.

In der Wohnung rufe ich nach ihr, aber sie hat sich unter der Bettdecke verkrochen.

»Ach, Mindy, was ist passiert?«, frage ich und setze mich zu ihr aufs Bett.

Sie streckt den Arm unter der Decke hervor und reicht mir ihr Handy. Ich scrolle durch mehrere Schlagzeilen auf Chinesisch, dann finde ich eine, die ich lesen kann:

»Das ehemalige Popsternchen ist jetzt obdachlos und schlägt sich als Straßenmusikerin in Paris durch.«

»Nicht vorlesen«, fleht Mindy.

»Komm raus da, na los.«

Zögernd kommt sie unter der Decke hervor. Sie sieht furchtbar unglücklich aus. Es bricht mir das Herz! Mindy ist ein Sonnenschein, sie sollte niemals traurig sein und weinen müssen.

Niemals.

»Geht's dir gut?«, frage ich etwas dämlich.

»Nein, mir geht's scheiße!«, sagt sie weinerlich. »Ich glaube, mir wird's nie wieder gut gehen. Ich bin viral gegangen, und nicht für irgendwas Cooles. Ich bin eine Schande. Eine Riesenenttäuschung. Das ist alles so megapeinlich.«

Sie bricht wieder in Tränen aus, und mein Herz bekommt noch einen weiteren Sprung. Sie weint wegen Benoît. Aber auch, weil sie glaubt, ihre Eltern enttäuscht zu haben. Dabei sollten sie stolz auf sie sein! Sie haben eine wunderbare und unglaublich talentierte Tochter.

»Du bist keine Enttäuschung«, versuche ich sie zu trösten. »Diese ganzen Schlagzeilen sind doch bloß Lügen. Und du bist grandios als Straßenmusikerin.«

»Das interessiert doch niemanden. Ich habe mich vor ganz China lächerlich gemacht. Zum zweiten Mal. Das ist der endgültige Bruch mit meinem Vater.«

Ich nehme sie in den Arm. Keine Ahnung, wer diese Infos verbreitet hat. Vermutlich jemand, der Mindy erkannt hat. Aber auf jeden Fall hat diese Person großen Schaden angerichtet.

Wenn ich könnte, würde ich diesen Menschen verhexen!

»Warum muss mich diese Geschichte bloß wieder einholen?«, klagt sie. »Ich war so glücklich. Und jetzt denkt Benoît, ich hätte ihn verarscht.«

»Er wird darüber hinwegkommen«, versichere ich ihr.

»Woher willst du das wissen?«

Meine Kehle ist wie zugeschnürt, es fehlt nicht viel, und ich heule selbst los.

»Weil du die Beste bist«, wispere ich und wische Mindys Tränen weg. »Oder etwa nicht?«

»Doch. Stimmt. Ich *bin* die Beste.«

Damit sind Mindys Probleme natürlich noch nicht gelöst, doch erst mal können wir befreit auflachen, und der Tränenstrom versiegt.

Ein Hauch von Eifersucht

In den nächsten Tagen versuche ich, für Mindy da zu sein, ihr zuzuhören, sie zu trösten, und gleichzeitig arbeite ich auf Hochtouren für das Launch-Event des Laboratoire Lavaux. Die Lage zwischen Madeline und Sylvie ist ein wenig angespannt. Okay, extrem angespannt! Erst hat Madeline sich in Sylvies Büro breitgemacht, ohne Sylvie zu fragen – sie hat sogar ihre Möhrensticks über Sylvies Schreibtisch verteilt. Und dann hat sie sie mit Fragen zum Lavaux-Account gelöchert.

Wenn Madeline einmal einen Verdacht hat, dann geht sie ihm sehr gründlich auf den Grund.

Hoffentlich entlädt sich die Spannung zwischen den beiden nicht in einem Gewittersturm!

Aber bleiben wir optimistisch.

Sylvie und Madeline werden sich letztlich bestimmt zusammenraufen, nicht wahr?

Dann kommt der Abend der Eröffnung, und alles ist perfekt! Das *Laboratoire* ist im Kaufhaus La Samari-

taine eingerichtet, die Kunden können Duftnoten aus-
probieren und kombinieren, es sind illustre Gäste da.

Camille und Gabriel sind auch eingeladen.

Die beiden gibt es sowieso nur noch im Doppel-
pack. Und auch jetzt scheinen sie sich prächtig zu
amüsieren. Sie testen verschiedene Düfte, so wie ich.

»Oh, Lavendel. Das erinnert mich an meine Oma
Mabel«, sage ich.

»Ach, das ist ja süß«, meint Camille.

»Du kennst sie nicht, sonst würdest du das nicht
sagen.«

Unterdessen hat Gabriel sich ein Parfüm gemixt
und lässt nun Camille daran riechen.

»Mhhh, das riecht gut«, schwärmt sie. »Holzig und
etwas erdig, genau wie du. Oh, riech mal meins!«

Und schwupps hält sie Gabriel einen Duftstreifen
unter die Nase. Er verzieht das Gesicht. Doch dann
verstehe ich, dass er sie nur ärgern will. Ich finde es
etwas seltsam, dass sie so vertraut miteinander umge-
hen.

»Nein, es riecht natürlich gut. Es ist süß und warm«,
sagt Gabriel und bestätigt damit meine Vermutung.

»Das ist Amber«, haucht sie.

»Das bist du.«

Mann, wie sie sich anlächeln! Und diese Blicke! Als
würden sie sich am liebsten aus allernächster Nähe
beschnüffeln. Wie schon an dem Abend in der Cham-

pagne komme ich mir wieder überflüssig vor. Aber warum stört mich das so? Gabriel ist schließlich nur mein Quasi-Ex.

Zum Glück eilt da mein Retter heran! Ich frage Alfie sofort, was er von meiner Kreation hält. Hoffentlich gefällt ihm der Duft.

»Oh, trägst du Emily Cooper?«, fragt er kokett und riecht an meinem Handgelenk. »Es duftet verführerisch.«

Yes!

Dann möchte Camille auch mal riechen.

»Mhhh, das ist wirklich toll«, urteilt sie. »Erst scheint es sehr offenherzig zu sein, aber unter der Oberfläche liegt etwas Unerwartetes.«

Etwas Unerwartetes?

So wie ihre Annäherung an Gabriel?

Chefinnen-Dilemma

Das Event ist ein großer Erfolg, das Konzept des Do-it-yourself-Parfüms kommt bei den Leuten sehr gut an. Gabriel und Camille haben auch Spaß. Also, das glaube ich jedenfalls, allerdings habe ich sie aus den Augen verloren. Ich unterhalte mich mit Alfie und Luc, da kommt Madeline angerauscht.

»Wir müssen reden. Nicht hier«, sagt sie herrisch.

Was ist denn jetzt schon wieder?

Madeline führt mich in eine ruhigere Ecke und erzählt mir, was passiert ist. Sie wollte Antoine auf das niedrige Honorar ansprechen, das Maison Lavaux an Savoir zahlt. Aber Antoine ist der Frage ausgewichen und hat sie stehen gelassen. Doch dann hat Catherine, Antoines Frau, Madeline mit einigen pikanten Details überrumpelt. Sie hat erwähnt, dass es eine spezielle Abmachung zwischen Savoir und Maison Lavaux gibt, und zwar keine geschäftliche, sondern eine persönliche. Denn offenbar wusste Catherine all die Jahre darüber Bescheid, dass ihr Mann sie mit Sylvie betrügt.

Madeline wirkt ziemlich schockiert. Ich kann das nachvollziehen, denn so ging es mir in der ersten Zeit in Paris auch. Ich hatte bei den ganzen Beziehungen zwischen den Leuten, die Berufliches und Privates vermischen, überhaupt keinen Durchblick. Genau genommen blicke ich da immer noch nicht durch, aber ich habe mich wohl irgendwie daran gewöhnt.

»Catherine hat mich mit dieser verrückten französischen Sexlogik eingewickelt, damit ich nicht tiefer grabe«, fasst Madeline zusammen. »Emily, ich bin richtig in Panik, und ich mache mir große Sorgen. Denn wenn das alles stimmt, ist Sylvie wohl kaum die Richtige für unsere Firma.«

Okay, jetzt gerate *ich* in Panik! Na gut, Sylvie hätte Erbsen und Möhren nie vermischen dürfen, aber sie ist brillant in ihrem Job. Ohne sie wäre Savoir jetzt lange nicht so erfolgreich. Ich muss versuchen, Madeline zu beruhigen.

»Wir sollten keine voreiligen Schlüsse ziehen.«

Madeline meint zwar auch, dass sie noch mehr Informationen braucht, aber sie scheint überzeugt, dass das nichts ändern wird. Catherine hat ihr nämlich auch gesteckt, dass Sylvie inzwischen einen neuen Lover hat, und zwar Erik, den Fotografen, den sie auch für das heutige Event engagiert hat. In Madelines Augen sind solche Beziehungen absolut inakzeptabel.

Aber wir sind in Paris! Es ist eine andere Welt, hier

gelten andere Regeln, hier werden Erbsen und Möhren ständig zusammengeworfen, und an jeder Ecke lauern verbotene Crêpes.

»Vielleicht ist das alles nur die Spitze des Eisbergs«, ereifert sich Madeline.

»Vielleicht solltest du Sylvie erst mal selbst fragen.«

»Was?«, fragt Madeline empört.

»Gib ihr einen Vertrauensvorschuss«, bitte ich.

»Nein!«, lautet ihre kategorische Antwort. »Dann versucht sie nur, alles zu vertuschen. Ich brauche jetzt deine Hilfe.«

Oh, oh, ich fürchte, dass mir die Situation gerade völlig entgleitet. Ich traue mich kaum, die nächste Frage zu stellen:

»Was soll ich denn tun?«

»Du bist doch mit dem großen Blonden befreundet. Wie heißt er noch? Luc? Versuch, Infos zur Buchhaltung von ihm zu kriegen.«

What? Ich soll Spionin spielen? Alfie würde das sicher gefallen, haha. Mir nicht so. Ich will Luc nicht benutzen.

Aber Madeline hat mir so viel beigebracht, und ich schätze sie sehr. Ohne sie wäre ich nie nach Paris gekommen. Und sie vertraut mir.

»*Oh my God*«, klagt sie jetzt. »Die Gilbert Group hat vielleicht eine Firma gekauft, die die Bücher frisiert. Ich muss hierbleiben, bis ich weiß, was da los ist.«

Plötzlich scheint ihr übel zu werden.

»Oh, ich fühle mich nicht gut. Ich muss hier raus«, sagt sie. »Das war bestimmt dieser Amber-Geruch.«

Na ja, oder es liegt an Sylvie und all diesen Komplikationen.

Wenn ich Madeline doch nur klarmachen könnte, dass zwischen der amerikanischen und der französischen Kultur ein ganzer Ozean liegt. Was für uns völlig logisch ist – keine Vorzugsbehandlung im Austausch für Sex –, ist hier halt eher ein vages Konzept. Und Madeline sollte sich in ihrem Zustand auch nicht zu viel zumuten.

»Vielleicht sollten wir es lieber langsam angehen lassen?«, schlage ich mit einem letzten Funken Hoffnung vor.

Sie mustert mich eindringlich.

»Och, jetzt guckst du wieder so«, sagt sie und streicht mir über die Wange. »Keine Sorge. Für dich geht es in jedem Fall gut aus. Du kannst auf mich zählen.«

Es ist so lieb, dass sie auch an mich denkt. Aber Sylvie mag ich auch.

Und jetzt? Wenn ich tue, was Madeline verlangt, verrate ich Sylvie. Tue ich es nicht, verrate ich Madeline.

Was für ein Dilemma. Ich muss mich zwischen meinen beiden Chefinnen entscheiden. Wie komme ich da nur wieder raus?

Keine zweite Geige

Warum muss mein Leben in Paris bloß immer so kompliziert sein? Erst war ich hin- und hergerissen zwischen meinen Gefühlen für Gabriel und meiner Freundschaft mit Camille. Na ja, und wirklich geklärt ist diese Geschichte ja immer noch nicht. Und jetzt muss ich mich auch noch zwischen Madeline und Sylvie entscheiden?

Das ist doch unmenschlich!

Ich muss unbedingt einen Weg aus diesem Dilemma finden. Vielleicht könnten die beiden sich duellieren? Angeblich war das beim französischen Adel früher eine beliebte Methode, um Probleme zu lösen.

Okay, nein, das ist zu gefährlich. Ich würde Sylvie niemals eine Waffe in die Hand geben. Aber vielleicht könnten wir es doch noch mit der Mausefalle versuchen?

Die Party ist immer noch in vollem Gange, und während ich so sinniere, kommt Alfie zu mir auf die Terrasse.

»Ich habe dich gesucht.«

»Tut mir leid. Arbeitskrise«, sage ich entschuldigend.

Irgendwie wirkt er bedrückt.

»Kann ich dich was fragen? Und du antwortest ehrlich?«

Okaaay …

»Aber klar«, antworte ich beunruhigt.

Sonst lächelt Alfie immer, und wenn nicht, dann funkeln seine Augen. Jetzt wirkt er ziemlich durcheinander. So ernst habe ich ihn noch nie gesehen.

»War da mal was zwischen dir und Gabriel?«, fragt er. »Du hast mir gesagt, ihr wärt nur Freunde. Aber dein irrer Kollege mit den wirren Haaren hat mir gerade was anderes erzählt. Ich möchte es von dir hören.«

Vielen Dank, Luc! Aber gut, vielleicht ist es besser so. Es fällt mir sowieso schwer, dieses Geheimnis mit mir herumzutragen. Doch was sage ich Alfie?

»Es gab da so einen Moment«, gestehe ich schließlich. »Aber es hat nichts bedeutet. Es war vorbei, bevor es überhaupt angefangen hat.«

Ich hoffe, dass ich das nicht vor allem sage, um mich selbst zu überzeugen. Nein, die Nacht mit Gabriel war natürlich nicht »nichts«. Sie war unglaublich und einmalig. Aber das muss Alfie nicht wissen. Ich möchte ihm nicht wehtun. Deshalb nicke ich entschlossen, als er fragt, ob ich mir wirklich sicher bin.

»Ich will nicht hinter einem anderen die zweite Geige spielen. Wenn das der Fall ist, dann sag es mir jetzt«, fordert Alfie.

»Ich hätte dich gar nicht als so eifersüchtig eingeschätzt«, frotzele ich.

Aber Alfie scheint das nicht witzig zu finden. Ich muss ihn irgendwie anders überzeugen.

»Im Ernst, Gabriel ist Vergangenheit. Wir sind nur Freunde.«

Puh, endlich lächelt Alfie wieder.

»Gut. Ich hoffe, dass wir beide nicht nur Spielchen spielen, weil wir in dieser Stadt sind, die manchmal wie ein Traum wirkt. Meine Gefühle für dich sind nämlich keine Fantasie, sie sind sehr real. Deshalb – was immer du fühlst, was immer du tust –, bitte sag mir die Wahrheit.«

Ein paar Meter entfernt steht Gabriel und plaudert mit anderen Partygästen. Er ist die Vergangenheit.

Alfie ist die Gegenwart. Mir gefällt seine Aufrichtigkeit. Er lügt nicht, er ist wahrhaftig.

Statt einer Antwort ziehe ich ihn an mich und küsse ihn hingebungsvoll.

Der Maulwurf trägt Moschino

Am nächsten Morgen hoffe ich halbherzig, dass Madeline ihren Verdacht gegen Sylvie fallen gelassen hat. Die Pariser Luft hat in letzter Zeit ja schon so manches Wunder gewirkt. Aber so wie ich sie kenne, wird das wohl nichts. Wir treffen uns zum Frühstück auf einer Caféterrasse und ich fürchte, es wird kein netter Smalltalk über das Wetter oder über die Pariser Sehenswürdigkeiten. Oder über das unvergessliche erste *pain au chocolat*, das ich hier genossen habe. Nein, stattdessen wird es ums Geschäft gehen. Und richtig, sie kommt gleich zum Punkt.

»Bevor ich ins Büro bin, habe ich kurz die Finanzdaten überflogen, die du von Savoir geklaut hast.«

»Madeline, Savoir gehört der Gilbert Group. Ich habe nichts geklaut.«

»Nicht so bescheiden. Du bist mein Moschino-Maulwurf.«

Ich will aber gar kein Maulwurf sein! Auch keiner, der Moschino trägt. Ich möchte Emily bleiben, die

251

nette Kollegin, die zwar hin und wieder in ein Fett-
näpfchen tritt, aber immer ehrlich ist. Keine Spionin,
die anderen eine Falle stellt.

»Es ist natürlich keine große Überraschung, dass
die Akten der reinste Buchhalteralbtraum sind«, fährt
Madeline fort. »Es ist, als hätten sie dafür ihre eigenen
Regeln erfunden, oder ihre eigene Mathematik.«

»Ich glaube, es gibt kulturelle Unterschiede, die
man nicht in Zahlen fassen kann. Außerdem hat
Savoir ein beeindruckendes Portfolio und einen glänzenden Ruf.«

»Es ist nicht alles Gold, was glänzt. Das gilt leider
besonders für die Bilanzen von Savoir. Ich habe heute
Morgen schon mit Chicago gesprochen. Sie denken
über personelle Veränderungen nach.«

Hein? Sie wollen Sylvie und die anderen feuern?
Mir bleibt fast das Herz stehen.

»Nein! Das ist wirklich nicht nötig«, sage ich entsetzt. »Wir müssen ihnen nur noch mal die Firmen-
ethik erklären. Ich kann dazu einen Vortrag halten.«

»Nein, diesen Punkt haben wir längst überschritten.
Sie müssen mit der Vetternwirtschaft aufhören. Sonst
will Chicago Köpfe rollen sehen.«

Okay. Ich kenne Madeline. Sie sagt das nicht einfach so dahin. Die Lage ist wirklich sehr ernst. Vielleicht ist es sogar schon zu spät.

Aber ich gebe die Hoffnung nicht auf. Noch kann

ich Madeline beweisen, dass das Savoir-Team einfach spitze ist!

Auf dem Weg ins Büro überlege ich fieberhaft, wie ich meine Kollegen retten kann.

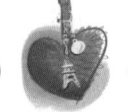

Chefinnen-Duell

Nach dieser unerfreulichen Unterredung gehen Madeline und ich zum Meeting mit Sylvie und Luc. Ich werde die Gelegenheit nutzen, um herauszustellen, was für ein gutes Team wir sind.

»Der Auftakt von Laboratoire Lavaux war so erfolgreich, dass das Unternehmen bereits darüber nachdenkt, eine weitere Do-it-yourself-Station einzurichten, diesmal in Südfrankreich«, verkünde ich.

Ich erwarte eine Reaktion von Sylvie, doch Madeline, die nebenbei mal wieder Möhren mümmelt, kommt ihr zuvor.

»Ausgezeichnet! Und wie schnell können wir so ein neues Labo-Lavaux-Pop-up da hinzaubern? Oh! Wie wär's, wenn wir das zum Festival von *Cang* machen?«, schlägt sie begeistert vor.

»Cannes. Man spricht es ›Kann‹ aus«, korrigiert Luc.

Sylvie, die bisher geschwiegen hat, wählt diesen Moment, um einzuschreiten.

»Man kann so eine Luxus-Experience nicht einfach aus dem Boden stampfen. Das braucht Zeit. Es ist kein Hotdogstand.«

Autsch! Das mit den Hotdogs hat gesessen. Madeline sieht Sylvie böse an. Die Luft zwischen ihnen knistert geradezu.

»Ähm, vielleicht können wir das später besprechen?«, sage ich in der Hoffnung, das Gewitter aufhalten zu können. »Wenden wir uns stattdessen den Twitterimpressionen von gestern zu.«

Wie aufs Stichwort kommt da Julien hereingeplatzt.

»Lasst alles stehen und liegen. Das müsst ihr sehen«, sagt er. »Grégory Elliot Duprée will seine Shapewear-Kollektion bei einer Modenschau in Versailles präsentieren. Und es ist ein Desaster!«

Breit grinsend zeigt er uns ein Video, in dem der Designer einen Tobsuchtsanfall hat und seine Berater zusammenstaucht.

»Sagt mir nicht, ich soll zuhören!«, brüllt er. »Ich habe Tausende solcher Shows gemacht. Wie viele habt ihr schon gemacht? Das ist nicht gut genug!«

Er ist außer sich und wirft den Tisch um. Seine Mitarbeiter fliehen aus dem Saal. Bei uns im Konferenzraum sorgt das Video für große Belustigung. Wir haben nicht vergessen, wie übel Grégory Duprée Pierre Cadault mitgespielt hat und wie das für Savoir – und mich – hätte ausgehen können.

»Das Video wurde vor einer Stunde veröffentlicht. Kurz nachdem seine Marketingagentur ihn fallen gelassen hat«, erläutert Julien. »Die Show ist in zwei Tagen. Das schafft er nie. Der Kerl ist erledigt!«

»Pierre muss das unbedingt sehen«, sagt Sylvie frohlockend.

Während wir uns alle schadenfroh an Grégorys Schicksal weiden, rudert Madeline mit den Armen, um unsere Aufmerksamkeit zu bekommen.

»Hallo! Hallooo!«, ruft sie. »Begreift hier keiner, was gerade passiert? Ein bedeutender Designer sucht verzweifelt ein neues Marketingteam, und Ihnen fällt nichts Besseres ein, als sich totzulachen?«

»Na ja, also Pierre Cadault und er sind seit Jahren verfeindet«, erkläre ich.

»Ein Interessenskonflikt. *C'est la vie*«, ergänzt Sylvie.

Madeline scheint das nicht zu verstehen.

»Die Branchenführer schlucken einen kleinen Fashion-Week-Fisch nach dem anderen, aber wir können nicht zwei Designer unter Vertrag haben, weil ein Kunde sich auf den Schlips getreten fühlen könnte? Sie haben aber schon mal was von Kundenbeziehungen gehört, oder?«

Autsch! Okay, das war die Revanche für den Hotdogstand.

»Hören Sie, Madeline«, sagt Sylvie. »Das wäre ein

Affront gegenüber einem unserer wichtigsten Kunden. So führen wir unser Unternehmen nicht.«

Oh, oh! Die Situation gerät zusehends außer Kontrolle.

»*Excusez-moi*, Sylvie«, erwidert Madeline. »Aber Ihr Unternehmen ist eine Tochterfirma eines amerikanischen Konzerns. Und diesem Konzern ist daran gelegen, *zwei* bedeutende Designer zu vertreten. So führen *wir* unser Unternehmen.«

Die beiden starren sich an. Das reinste Blickduell. Inzwischen ist die Spannung im Raum regelrecht greifbar. Doch dann lächelt Sylvie schließlich.

»Ja, Sie haben recht, Madeline«, sagt sie seufzend. »Ich habe mich geirrt.«

Julien entfährt ein Schreckenslaut. Und ich kippe fast vom Stuhl. Sylvie gibt zu, dass sie sich geirrt hat? Das kann gar nicht sein!

Aber sie scheint es ernst zu meinen. Sie bittet mich nämlich, Grégory Duprée zu kontaktieren. Ich soll ihn dazu bringen, Pierre zu seiner Modenschau einzuladen. Dieser Vorschlag verursacht bei Julien Schnappatmung.

»Kann ihm jemand eine Papiertüte geben?«, sagt Madeline genervt. »Er hyperventiliert.«

»Dann können Grégory und Pierre bei der Show live das Kriegsbeil begraben«, fährt Sylvie fort. »Also vorausgesetzt, Grégory erteilt uns den Auftrag.«

Ich stehe unter Schock. Sylvie beugt sich Madelines Willen? Ohne auch nur zu versuchen, sich zu wehren?

Wo ist die echte Sylvie hin?

Was haben sie mit ihr gemacht?

Gebt ihnen Kuchen!

Ob Sylvie nun von Außerirdischen entführt und ersetzt worden ist oder nicht, ich muss ihre Mission erfüllen. Das mache ich aber nicht ohne Hintergedanken: Ich hoffe, wir können Madeline so beweisen, dass das Savoir-Team bleiben muss.

Leider legen alle Mitarbeiter von Grégory Duprée einfach auf, sobald ich mich am Telefon vorstelle. Ich habe in seinem Atelier angerufen, dann bei seinem Manager, ohne Erfolg. Sogar einem der Typen aus Saint-Tropez habe ich eine Nachricht geschickt, der folgt mir nämlich auf Instagram. Aber er hat nicht geantwortet.

Zum Glück hat Julien eine Idee, wo wir Grégory finden können. Allerdings meint er, dass man mich ohne ihn dort nicht reinlassen wird.

Und so finde ich mich abends mit Julien in einem Schwulenclub wieder, wo gut bestückte, sehr spärlich bekleidete Männer an Stangen tanzen.

Während Julien diesem Anblick frönt, gehe ich zu

Grégory, der sich ebenfalls an der Darbietung eines der glänzenden Muskelprotze ergötzt. Ich biete ihm die Dienste von Savoir an, doch – wie zu erwarten – ist er wenig begeistert.

»Ich brauche dich nicht. Die Show findet in Versailles statt. Und sie wird spektakulär!«

Aber ich wäre nicht Emily Cooper, wenn ich nicht schlagende Argumente vorbereitet hätte.

»Momentan redet niemand über deine Kollektion. Stattdessen sind alle damit beschäftigt, deinen Wutausbruch nachzumachen und das dann auf TikTok zu posten. Für einen B-Promi mag das angemessene PR sein, aber nicht für einen Topdesigner wie dich.«

»Und du meinst, du kannst das ändern?«, fragt er spöttisch.

»Ich sehe hier sonst niemanden, der deine Show davor bewahren könnte, als riesiger Flop in die Geschichte einzugehen.«

»Okay. Und was schlägst du vor?«

Yes! Der Fisch hat angebissen. Ich erkläre ihm, dass er den Leuten Futter geben muss, damit sie dranbleiben.

»Als Erstes solltest du deine Kollektion unter ein Motto stellen.«

Auf der Suche nach Inspiration bleibt mein Blick am Hintern des Mannes hängen, der vor uns so lasziv die Hüften schwingt. Knackiger Po, Versailles ... Da lässt sich doch bestimmt was machen.

»Du bist in Versailles, buchstäblich bei Marie-Antoi-nette zu Hause, und lässt da leckere Popöchen auf-marschieren. Was läge da näher, als zu sagen: ›Gebt ihnen Kuchen!‹?«, schlage ich vor.

Diese perfekten Rundungen sind wirklich zum Anbeißen. Es ist ein geniales Motto.

Meine verrückte Idee scheint Grégory zu gefallen.

»Witzig«, sagt er. »Du bist engagiert.«

Ah, meine drei Lieblingsworte!

Ich habe es geschafft. Grégory Elliot Duprée wird Kunde bei Savoir!

Mindys Zweifel

Gestern hat Mindy mit Benoît geredet. Er ist immerhin einverstanden damit, dass sie weiter in der Band singt. Das ist doch ein guter Anfang.

Wenn sie zusammen spielen, werden sie sich dank der magischen Kraft der Musik bestimmt bald wieder versöhnen!

Und Mindy hat noch eine weitere gute Nachricht: Die Band hat einen Gig in einem großen chinesischen Restaurant in Belleville. Offenbar ist die Tochter des Inhabers Fan der Casting-Show, bei der Mindy mitgemacht hat. Und Étienne hat versprochen, dass die Tochter ein Foto mit Mindy bekommt.

Davon ist Mindy zwar nicht gerade begeistert, aber die Hauptsache ist doch, dass sie einen Auftritt haben, und zwar nicht auf der Straße.

Jetzt sitze ich auf dem Bett und bereite das Duprée-Dossier vor, bevor ich zur Arbeit gehe. Währenddessen durchwühlt Mindy ihren Kleiderbestand.

»Hässlich! Das ist billig! Und wo kommt das überhaupt her!«, ereifert sie sich und wirft ein Kleid nach dem anderen auf einen Haufen. »Ich sollte die Jungs anrufen und den Gig abblasen.«

Mindy hat viele tolle Kleider, die sehr gut für dieses Konzert geeignet wären. Ich glaube, sie ist einfach nur nervös.

»Sag das nicht dauernd. Du singst in einem Club in Paris. Genau das war dein Traum!«, ermutige ich sie.

»Es ist eher ein Restaurant als ein Club«, sagt sie wegwerfend.

»Dann setz dich nicht so unter Druck!«

»Aber da werden lauter Leute sein, die mich scheitern sehen wollen«, sagt sie verzweifelt und rüttelt an ihrer Kleiderstange.

»Deshalb bringe ich ja Unterstützung mit. Gabriel kommt. Alfie auch. Camille muss arbeiten, aber sie denkt an dich.«

Jammernd setzt sich Mindy zu mir aufs Bett.

»Es wird ein wunderbarer Auftritt«, versichere ich ihr.

Und daran zweifle ich keine Sekunde. Aber ich spüre, dass Mindy noch etwas anderes bedrückt.

»Benoît hat mich gestern kaum angesehen. Er will den Song nicht spielen, den er für uns geschrieben hat.«

»Er hätte ihn nicht schreiben können, ohne dabei an dich zu denken«, sage ich tröstend. Mindy seufzt niedergeschlagen, also fahre ich fort: »Und er denkt sicher immer noch an dich. Das wird schon wieder.«

»Wahrscheinlich hast du recht«, stimmt sie schließlich zu. »Wie kannst du bloß immer so positiv sein?«

Vielleicht ist das meine amerikanische Seite? Ich bin jedenfalls froh, dass ich Mindy helfen konnte.

Mein Team

Mit einer dreifachen Dosis Positivität gehe ich jetzt auch die Organisation der Modenschau im Schloss Versailles an. Denn wir haben nur noch zwei Tage, und es muss bombastisch werden. Es ist der reinste Wahnsinn. Aber zum Glück bin ich ja nicht allein. Ich habe mein Team! Sylvie, Luc, Julien und ich, wir ziehen alle an einem Strang.

Sylvie hat Pierre überzeugt, zur Show zu kommen, um dort endlich den Kleinkrieg mit Grégory zu beenden. Wenn das mal keine Heldentat ist! Madeline ist sehr erfreut. Hoffentlich vergisst sie so ihren Kündigungsplan möglichst bald. Das ist der Hauptgrund dafür, dass ich mir für diese Show fast ein Bein ausreiße. Sie muss einfach ein Erfolg werden!

Muss, muss, muss!

Im Übrigen gehört auch Gabriel zu meinem Team, er weiß nur noch nichts von seinem Glück.

Beim Dinner in dem chinesischen Restaurant, wo Mindy singen wird, erzähle ich ihm von meinem Projekt. Ich hätte gern viele kleine Torten, die – angelehnt an Grégorys Kollektion – an die extravaganten Reifröcke von Marie-Antoinette erinnern.

Wir bräuchten also mehrere Dutzend Kuchen bis morgen Abend. Okay, wenn man es so sagt, klingt es ziemlich unmöglich.

Positiv bleiben, Emily!

»Du willst achtzig Torten, bis morgen, in Versailles?«, fasst Gabriel ungläubig zusammen, nachdem ich mein leicht verrücktes Anliegen vorgebracht habe.

»Sie können auch ganz klein sein. Winzig«, sage ich flehend. »Ich weiß, es ist furchtbar kurzfristig. Aber der Kuchen, den du zu meinem Geburtstag gemacht hast, war wirklich der allerbeste aller Zeiten. Und diese Show muss ein Hammererfolg werden, sonst werden Leute gefeuert!«

»Okay, ich rufe meinen Konditor an. Aber wir müssen dann die ganze Nacht durcharbeiten«, sagt Gabriel.

»*Oh my God!*«

Mehr kann ich dazu gar nicht sagen. Vor lauter Freude falle ich Gabriel um den Hals.

Nur, um mich zu bedanken.

Das ist der einzige Grund.

Auch wenn ich froh bin, dass Camille ausnahmsweise mal nicht dabei ist.

»Du bist der Beste!«, ergänze ich noch.

»Ist doch klar. Du hast mir schon so oft geholfen. Wir sind ein super Team.«

»Stimmt«, bestätige ich, während ich noch an ihm hänge.

Wir sehen uns an, er lächelt … Da werden Erinnerungen wach, und ich erröte ein wenig, glaube ich.

Genau in dem Moment kommt Alfie.

»Guten Abend!«

Mist! Das war ja mal wieder tolles Timing. Ich lasse Gabriel sofort los und bedeute Alfie, dass er sich mir gegenübersetzen soll.

»Ich muss kurz den Location-Manager darüber informieren, dass es morgen Kuchen gibt. Ich bin gleich wieder da«, entschuldige ich mich.

Ich stehe auf und lasse die beiden ein paar Minuten allein. Als ich zurückkomme, unterhalten sie sich angeregt, doch dann halten sie plötzlich inne. Habe ich sie gestört?

»Da bin ich wieder«, sage ich betont gelassen und setze mich neben Alfie. »Habe ich was verpasst?«

»Nein, gar nichts«, antwortet Alfie.

Er wirkt eigentlich entspannt, also ist bestimmt alles gut, oder?

Mindy erscheint auf der Bühne, mit Benoît an der Gitarre und Étienne am Keyboard, und ich bin mit meinen Gedanken nur noch bei ihr.

»*Bonsoir Belleville!*«, begrüßt sie die Restaurantgäste, die keinerlei Reaktion zeigen.

Mindy zögert. Ich mache ermunternde Handzeichen. Ich weiß, dass sie unglaublich sein wird, denn sie ist Mindy!

Benoît zupft ein paar Akkorde, und Mindy fängt an zu singen. Es ist ein wunderschöner Lovesong.

Oh là là! So wie sie Benoît anhimmelt, ist das wohl das Lied, das er für sie geschrieben hat.

Erst essen die Gäste weiter, als ob nichts wäre. Doch dann vergessen sie ihre Teller und lauschen gebannt Mindys klangvoller Stimme.

»*I'm not like the other girls, you're not like the other guys. Hold me close 'cause it's too soon to say goodbye ...*«

Ich nehme Alfies Hand.

Und mein Herz quillt über vor Glück. Ich freue mich so für Mindy, die den ganzen Saal verzaubert.

Und ihren Benoît.

Ich wusste, dass das zwischen ihnen wieder in Ordnung kommt.

Denn ... *it's too soon to say goodbye.*

Französische Revolution

Heute ist der große Tag! Ich sitze neben Madeline auf der einen Seite des Catwalks, das Savoir-Team sitzt uns gegenüber. Ich drücke beide Daumen, so fest ich kann, damit alles gut geht. Die Kulisse ist grandios: der berühmte Spiegelsaal im Schloss Versailles. Alles ist bis ins kleinste Detail aufeinander abgestimmt, die Musik, die Deko – auch wenn der Ort an sich eigentlich schon perfekt ist. Ich kann nicht glauben, dass ich wirklich hier bin.

Und ich kann es kaum erwarten, dass die Show beginnt. Madeline soll sehen, dass sie Sylvie vertrauen kann.

Das Publikum im Saal ist auch erwartungsfroh gestimmt. Als Grégory Duprée erscheint, gibt es großen Applaus. Er ist im Marie-Antoinette-Stil gekleidet – in seiner Interpretation, versteht sich – und trägt dazu einen hochgetürmten pinken Kopfschmuck mit einem Modellboot obendrauf.

»*Bonjour* und *bienvenue*. Danke, dass Sie gekommen

sind. Diese Kollektion besteht aus Kleidungsstücken, die wir sonst immer verstecken. Man zwingt uns, unsere Körper in Schönheitsmaße zu zwängen, doch darüber sprechen sollen wir nicht. Diese Kollektion wurde dafür designt, gesehen zu werden. Diese Kollektion soll laut sein!«

Und darauf folgt tosender Beifall! Grégory nickt mir kurz zu. Dann fährt er fort:

»Bevor wir beginnen, möchte ich jemanden begrüßen, der mir ein sehr guter Freund und Mentor war, der mir alles beigebracht hat, was ich für diese Kollektion getrost vergessen konnte. Er muss hier irgendwo sein. Pierre Cadault!«

Alle sehen sich suchend um.

»Pierre, wo steckst du?«, fragt Grégory.

Und da kommt Pierre Cadault! Was für ein Auftritt. Er trägt eine Art Ludwig-XIV.-Kostüm, mit einer blaugrünen Lockenperücke und einem langen Samtumhang, den zwei Assistenten wie eine Schleppe hinter ihm ausbreiten. Darauf ist in silbernen Lettern sein Logo gestickt. Langsam schreitet er den Catwalk entlang. Grégory scheint das nicht sonderlich zu gefallen.

Und Madeline auch nicht. Sie flüstert mir zu:

»Was soll das? Das war nicht vereinbart.«

Nein, das war es nicht. Pierre sollte hier nicht den Star spielen – oder besser gesagt den König in seinem Schloss. So stelle ich mir den Sonnenkönig Ludwig XIV. vor, wie er in prachtvollen Gewändern vor seinem Hofstaat aufmarschiert. Allerdings sollte hier heute eigentlich Marie-Antoinette-Grégory herrschen.

Dieser wirkt überrumpelt, fängt sich aber schnell.

»Du prächtiges Miststück«, begrüßt er Pierre. »Lang lebe der König!«

Und die Spannung im Saal löst sich.

Puh!

Die »Gebt-ihnen-Kuchen-Show« möge beginnen!

Zu einem Lied aus der Oper *Carmen* laufen die Models auf, mit ihren nur aus Streben bestehenden Reifröcken, die den Blick auf bunte Shapewear freigeben. Es ist der perfekte Ort für diese Kollektion. Grégory hat explizit Models gewählt, die nicht die typischen Maße haben. Sie sind mollig, groß, klein, und es sind auch viele Männer dabei.

Es ist ein absoluter Bruch mit den herrschenden Modenormen. Und das wird noch gesteigert, als die Musik schneller wird und die Models anfangen, wild zu tanzen. Eine Revolution in Versailles!

Die Show erreicht ihren Höhepunkt. Ich bin superglücklich und erleichtert. Nach einem solchen Erfolg *muss* Madeline das Savoir-Team einfach behalten.

Dieses Team verschwindet allerdings still und leise, kaum dass die Show vorbei ist.

Wo wollen sie denn hin, und warum warten sie nicht auf mich?

Jetzt muss ich Grégory mit Madeline allein zu seinem Erfolg gratulieren.

»Es war echt genial«, sage ich, als wir im Hof stehen.

»Grégory, ich bin Madeline Wheeler, Gilbert Group. Die Show war toll. Klasse Umstandsmode. Ich bestelle alles davon«, sagt Madeline und macht ein Selfie mit ihm.

Grégory findet das offensichtlich affig.

»Wer ist diese Pop-up-Werbung, und können wir sie blockieren?«, flüstert er mir ins Ohr.

Ich schicke ihn also zu den wartenden Journalisten, damit er Madeline loswird, und da kommt Pierre auf uns zu. Ich freue mich so, dass die Sache zwischen ihm und Grégory jetzt geklärt ist. Nach dem Vorfall mit dem Koffer in Saint-Tropez hatte ich das nicht mehr zu hoffen gewagt. Aber man muss eben immer positiv bleiben. Ich hab's doch immer gewusst!

»Oh, Pierre«, rufe ich aus. »Das war ein unglaublicher Auftritt. Ich gratuliere.«

Madeline stellt sich vor, aber er scheint schon erraten zu haben, wer sie ist.

»Es ist mir ein Bedürfnis, Ihnen ebenfalls zu gratulieren. Es war eine spektakuläre Show.«

Madeline und ich fühlen uns geschmeichelt. Ich hätte nie gedacht, dass Pierre so begeistert sein würde!

»Es war viel spektakulärer als alles, was Sie bisher

für mich organisiert haben«, fährt er fort, »oder je für mich organisieren werden.«

Hein? Ich muss mich verhört haben. Wahrscheinlich bin ich von der lauten *Carmen*-Musik noch etwas taub.

»Wie meinen Sie das?«, frage ich unsicher.

»Savoir ist gefeuert«, verkündet er.

»Ich dachte, Sie wären einverstanden«, sage ich verwundert. »Sie sind doch zur Show gekommen.«

»Cadault ist französische Haute Couture. Und nur mit französischer *sensibilité* erreichen wir dieses hohe Niveau. Savoir kann mir das offenbar nicht länger bieten.«

Madeline kann noch so sehr auf ihn einreden, und dass sie das auf Französisch tut, scheint alles nur noch schlimmer zu machen. Wir haben gerade einen unserer prestigeträchtigsten Kunden verloren.

Verdammt! Das darf doch alles nicht wahr sein!

Sylvie, Luc und Julien stehen ein paar Meter weiter, sie haben die Szene mitangesehen, ohne etwas zu unternehmen.

»Pierre Cadault trennt sich von Savoir. Sie wollten das doch regeln«, fährt Madeline Sylvie an.

»Ich habe ihn überredet, zur Show zu kommen, so wie Sie es wollten«, erwidert Sylvie. »Wenn Sie eine Schuldige suchen, dann schauen Sie in den Spiegel.«

»Jetzt reicht's«, sagt Madeline. »Ich habe mich zurückgehalten, weil Emily meinte, Sie seien den

Ärger wert. Aber Sie widersetzen sich allen meinen Anweisungen und verhalten sich mir gegenüber extrem respektlos. Machen Sie sich auf ein Mitarbeitergespräch in Chicago gefasst!«

Sylvie lächelt nur.

»Oh, den Termin können Sie sich sparen. Ich kündige.«

Ich muss wirklich etwas an den Ohren haben. Das kann Sylvie doch nicht tun!

Ich stehe entgeistert da, aber Madeline scheint sich über diese Entwicklung zu freuen. Die Königin hat bekommen, was sie wollte: eine Revolution, die ihr die unliebsame Angestellte vom Hals schafft. So muss sie ihr nicht mal eine Abfindung zahlen. Madeline lacht und sagt dann:

»Das ist ja großartig! Vielen Dank, *merci beaucoup.* Das macht es mir wirklich viel leichter. Und ohne Sie wird die Agentur auch viel besser funktionieren.«

»Allerdings muss sie ab jetzt ohne Mitarbeiter funktionieren«, sagt Sylvie und reicht Madeline eine Mappe voller Dokumente.

Hein? Sie kündigen alle? Mein ganzes Team? Und niemand hat mir was gesagt?

Ich bin fassungslos.

Dabei habe ich doch nicht mal wirklich den Moschino-Maulwurf gespielt, sondern alles getan, um sie zu retten. Warum bestrafen sie mich?

Und ich dachte, wir würden alle an einem Strang ziehen.

Stattdessen haben sie hinter meinem Rücken eine Revolution geplant!

Der perfekte Mix

Ich kann es immer noch nicht fassen. Wie konnten Sylvie, Luc und Julien mir das antun? Ich meine, ja, ich habe sie manchmal etwas genervt mit meinen mangelnden Französischkenntnissen und meiner amerikanischen Sicht der Dinge. Aber ich dachte, wir hätten uns angenähert. Aber falsch gedacht. Sie lassen mich einfach fallen wie eine alte Deep Dish Pizza!

Ich fühle mich verraten.

Bei einem Drink heule ich mich bei Alfie aus. Genau das brauche ich jetzt: einen leckeren Cocktail und Alfies Trost und Gesellschaft.

»Sie haben mich stehen lassen und sind wortlos verschwunden.«

»Das ist echt krass. Stellt ihr jetzt neue Leute ein, oder wird die französische Filiale einfach dichtgemacht?«, fragt Alfie.

»Keine Ahnung. Gerade ist alles in der Schwebe. Und ich hasse diesen Zustand«, antworte ich.

»Es tut mir leid«, sagt Alfie, und ich sehe ihm an, dass er das wirklich ernst meint.

Er ist so süß.

»Ist ja nicht deine Schuld«, sage ich lächelnd.

»Nein, mir tut was anderes leid«, meint er dann. »Mann, das ist jetzt echt schlechtes Timing. Ich wollte es dir gestern schon sagen, aber du warst so im Stress wegen der Show.«

»Alfie, was ist denn los?«

»Ich habe meine Mission hier erledigt«, gesteht er. »Ich müsste schon seit einer Woche wieder in London sein. Aber ich habe es so lange rausgezögert, wie ich konnte.«

Ich verstehe überhaupt nichts mehr.

»Aber du hasst Paris doch.«

»Ja, stimmt. Aber ich bin hiergeblieben, weil ich …« Er zögert und sagt dann schnell: »Ach, fuck! Ich bin deinetwegen geblieben.«

Er sieht mich ganz offen an, mein Herz klopft wie wild.

»Ehrlich?«

»Ja, weil ich sehen wollte, ob das mit uns funktioniert. Und ich glaube, wir haben eine Zukunft.«

Ich sage nichts. Ich bin viel zu gerührt und würde kein Wort herausbekommen. Alfie ist länger in dieser – ihm verhassten – Stadt geblieben, um mit mir zusammen zu sein. Und er meint es ernst.

»Paris-London, das ist einmal mit dem Zug durch den Tunnel«, fährt er jetzt fort, wie um mich zu überzeugen. »Du kannst planen, wann wir uns sehen. Ein Wochenende hier, eins in London. Schön organisiert.«

Ein schön organisiertes Leben und Alfies Lächeln. Das ist der perfekte Mix.

Das Team ist zurück!

Dieser glückliche Moment mit Alfie hat mich fast vergessen lassen, dass mein Team mich verlassen hat. Doch als ich am nächsten Morgen in die Agentur komme, kann ich es nicht länger leugnen. Die Büros sind wie leergefegt – wobei es auch noch ziemlich früh ist. Nur Madeline ist da und hat sich an Sylvies Schreibtisch häuslich eingerichtet.

Es kommt mir vor wie ein böser Traum. Kein fröhliches »Salut, Emily« von Luc, kein Julien, der den neusten Klatsch verbreitet.

Ein todtrauriges und sterbenslangweiliges Büro.

Doch Madeline scheint mit dieser Situation sehr zufrieden zu sein. Sie will neues Personal einstellen, blutige Anfänger, die vor allem billig sind. Sie will keine erfahrenen Leute mit eigenem Willen, sondern »kleine Lehmhäufchen«, aus denen sie ihr perfektes Team formen kann.

Tja, so hat sie es auch mit mir gemacht. Ich habe sie für eine gute Mentorin gehalten, aber in Wirklichkeit hat sie mich in einen kleinen »Terminator« verwandelt, der ihr aufs Wort gehorcht und genau das tut, was man von ihm erwartet.

Aber meine Erfahrung in Paris hat mich verändert. Ich will diese Rolle nicht länger spielen.

Wenn in dieser Filiale alles läuft, gehen wir zurück nach Chicago, und dann bekomme ich meine langersehnte Beförderung, verspricht Madeline mir. Doch bis es so weit ist, schickt sie mich Tee holen, und ich muss ihr als Schreibkraft dienen. Na, super!

Nach einem extrem unerfreulichen Vormittag treffe ich mich mit Sylvie in einem Restaurant – sie hat mich eingeladen. Zu meiner Überraschung sind Luc und Julien auch da. Und sie lächeln mir strahlend entgegen. Ich freue mich auch, sie zu sehen. Mir ist, als wäre es schon eine Ewigkeit her.

»Emily«, ruft Luc. »Du bist gekommen!«

»Ja. Aber was ist das hier? Eine Arbeitslosenparty?«

»Nein. Niemand hier ist arbeitslos«, antwortet Sylvie. »Setzen Sie sich.«

Immer noch zweifelnd folge ich ihrer Aufforderung, und sie fährt fort: »Mein Mann hat meine Anteile an unserem Beachclub gekauft. Und ich gründe jetzt mit dem Geld eine neue Firma.«

»Das verstehe ich nicht«, sage ich verwirrt. »Sie brauchen doch Kunden. Und ein Büro. Und, na ja, vor allem Kunden!«

Julien sagt grinsend zu Luc:

»Schenk ihr was ein, bevor ihr Kopf explodiert.«

Haha. Aber gut, vielleicht hilft Champagner ja wirklich. Moment, die trinken Champagner?

»Wir suchen noch nach geeigneten Büroflächen«, erklärt Sylvie. »Aber was die Kunden angeht, sieht es gut aus. Wir haben einige Savoir-Kunden angesprochen, und die meisten wollen zu uns wechseln, sobald wir eröffnen. Pierre Cadault ist dabei. Und auch Grégory Elliot Duprée, unter einer Bedingung.«

»Und die wäre?«, frage ich.

»Darf ich es ihr sagen?«, fragt Luc Sylvie, die gnädig zustimmt. »Er will dich! *Wir* wollen dich.«

Ich traue schon wieder meinen Ohren nicht. Wissen die anderen überhaupt, was ich seit gestern durchmache? Ich habe mir mit tausend Fragen das Hirn zermartert. Ich dachte, ich hätte mich getäuscht, und wir wären nie ein wirkliches Team gewesen. Ich dachte … dass sie mich hassen. Oder jedenfalls, dass ich ihnen so auf die Nerven gehe, dass sie mich wegwerfen wie eine alte Deep Dish Pizza.

»Und das habt ihr mir verheimlicht?«, rufe ich empört aus.

»Wir wussten, wenn wir es Ihnen gesagt hätten, hätten Sie nur nach einer Lösung gesucht«, rechtfertigt Sylvie sich.

Ja, gut, da hat sie nicht ganz unrecht. Ich tue immer

alles, um Probleme und Konflikte zu lösen. Sollte ich mir das vielleicht lieber abgewöhnen?

»Sie sind sehr, sehr gut in Ihrem Job«, ergänzt Sylvie.

»Nein, sie ist die Beste!«, trumpft Luc auf.

Julien tut so, als wäre das übertrieben, aber dabei lächelt er breit. Das alles rührt mich sehr. Hach …

»Dann müssten Sie allerdings länger in Paris bleiben als ursprünglich geplant«, meint Sylvie. »Ich weiß, Sie haben ein Leben in Chicago, aber mit uns können Sie sich hier ein neues aufbauen. Lassen Sie sich Zeit. Denken Sie in Ruhe über unser Angebot nach.«

Mein Team ist hier, vereint, und sie wollen mich!

Und jetzt muss ich eine Entscheidung treffen, die mein ganzes bisheriges Leben auf den Kopf stellen könnte.

Wenn's weiter nichts ist …

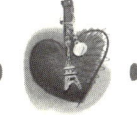

Mindy, hilf!

Nachmittags treffe ich Mindy im Park, wie früher, als wir uns kennengelernt haben. Sylvies Angebot hat mich total aus der Bahn geworfen. Mit so etwas habe ich überhaupt nicht gerechnet, ich brauche unbedingt den Rat einer Freundin.

»Was wirst du jetzt tun?«, fragt Mindy, als ich die ganze Geschichte erzählt habe.

»Das Vernünftigste wäre, weiterhin für Madeline den braven Soldaten zu spielen, dann zurück nach Chicago zu gehen und endlich befördert zu werden, worauf ich schon so lange hinarbeite.«

Wenn ich es so aufzähle, klingt das wirklich logisch. Warum zögere ich dann noch? Die Entscheidung müsste mir leichtfallen. Madeline scheint sich ja auch keine Gedanken zu machen.

»Solche Zweifel hatte ich früher nie«, erzähle ich Mindy. »Ich wollte immer das, was ich wollen sollte. Seit ich in Paris bin, ist mein Leben ein einziges Chaos, voller Drama und Komplikationen. Aber es ist auch wunderbar und unglaublich. Zurückzugehen wäre schon vernünftiger, aber …«

»Dein Leben ist jetzt hier«, schließt Mindy für mich.

»Aber es ist ein Riesenchaos! So war ich früher nie. In Chicago war mein Leben durchgeplant. Ich hatte Karriereaussichten und eine Zukunft vor Augen. Und ich hätte mich nie in den Freund meiner Freundin verliebt.«

»Hast du gerade ›verliebt‹ gesagt?«, fragt Mindy erstaunt.

»Das habe ich nicht so gemeint.«

»Oh, Süße, bist du immer noch in Gabriel verliebt?«

»Nein. Das ist keine Option. Ich habe es versprochen.«

»Nein«, fährt Mindy dazwischen. »Du kannst eine lebensverändernde Entscheidung doch nicht von einem kindischen Pakt abhängig machen.«

Vielleicht hat sie recht. Aber was ist mit Alfie? Eine Fernbeziehung mit London wird zwar etwas schwierig, aber sonst ist mit ihm alles so einfach. Mit Gabriel hingegen … Warum spukt er mir bloß immer noch im Kopf herum? Ich würde ihn so gern ein für alle Mal vergessen!

Aber je mehr ich mich anstrenge, desto weniger gelingt es mir. Ich nutze jede Gelegenheit, um Zeit mit ihm zu verbringen, so wie bei der Sache mit dem Kuchen.

»Solange du Gabriel nicht sagst, was du für ihn empfindest, wird er dir auch nicht aus dem Kopf gehen«,
sagt Mindy eindringlich. »Hör auf, dir Vorwürfe zu
machen. Du musst entscheiden, was du willst. Und du
musst damit nicht die halbe Welt glücklich machen.
Es ist jetzt nicht mehr nur ein lustiges Auslandsjahr,
es ist dein Leben.«

Ja, Mindy hat recht.

Ich bin zur Pariserin geworden. Und eine Pariserin
lässt sich von niemandem vorschreiben, wen sie lieben darf und wen nicht.

Zu spät

Mit bangem Herzen steige ich die Treppe in den vierten Stock hinauf und klopfe an Gabriels Tür. Hier hat alles angefangen. Ich weiß noch nicht genau, was ich ihm sagen werde. Ich weiß nur, dass ich es tun muss.

Und zwar jetzt.

Er öffnet die Tür, mein Herz rast.

»Emily, stimmt was nicht?«, fragt er besorgt.

»Also ich bleibe in Paris, wahrscheinlich für länger als ein Jahr«, sage ich mit einem ungeheuer großen Kloß im Hals.

»Oh, und wie lange?«

»Vielleicht sehr lange. Ich weiß es noch nicht. Als ich hergekommen bin, sollte Paris nur ein kleiner Abstecher sein, der sich gut im Lebenslauf macht. Aber jetzt glaube ich, dass der Weg das Ziel war. Denn mein Leben ist jetzt hier. Meine Freunde, meine Karriere, und … du.«

Ich habe nicht gerade erwartet, dass er in Jubel ausbricht, schließlich habe ich ja mit ihm Schluss gemacht. Aber dass er so zurückhaltend reagiert, hätte ich auch nicht gedacht.

»Emily, ich muss dir etwas sagen …«

»Ich muss dir auch noch etwas sagen, bevor ich mich nicht mehr traue«, sage ich schnell. »Als ich gesagt habe, dass Alfie der Grund dafür ist, dass wir nicht zusammen sein können, war das gelogen. Gabriel, ich …«

Diesmal werde ich unterbrochen. Von Camilles Stimme! Sie ist in Gabriels Wohnung. Ich schaue um die Ecke, und da steht sie und packt Kisten aus. Sie hat Kopfhörer auf, die nimmt sie ab, als sie mich entdeckt. Und sie strahlt! Ich glaube, ich habe sie noch nie so glücklich gesehen!

»Emily!«, sagt sie und umarmt mich. »Hat Gabriel es dir schon gesagt? Ich ziehe zu ihm.«

Ich bin wie vom Donner gerührt. Camille steht hier vor mir. Mit Gabriel. Und sie packt ihre Sachen aus, weil sie bei ihm einzieht.

Es dauert einen Moment, bis ich mich unter Aufbringung all meiner Kräfte zusammenreiße und ein paar Worte herauskriege.

»Oh, wow! Ihr seid wieder zusammen.«

»Ja. Wir wollten es dir sagen. Aber es ging alles so schnell.«

Vielleicht wache ich gleich auf, und das ist alles nur ein böser Traum? Aber nein, sie stehen wirklich und wahrhaftig vor mir. Zusammen.

»Das ist ja toll«, sage ich mit brechender Stimme. Ich kann die Tränen kaum zurückhalten, aber ich zwinge mich zu einem Lächeln. »Yay! Wir sind alle Nachbarn. Dann sehen wir uns jetzt ja häufiger. Bis dann!«

Ich gehe schnell die Treppe runter, um nicht vor den beiden loszuheulen.

Camilles Pakt war von Anfang an ein Bluff. Sie wollte Gabriel die ganze Zeit zurück. Und ich habe zu lange gezögert. Jetzt ist es zu spät.

Ich laufe ziellos durch die Straßen. Ich weiß nicht, was ich tun soll.

Einerseits möchte ich gern in Paris bleiben, mit Mindy, mit meinen Kollegen. Ich habe mir hier etwas aufgebaut. Und vor allem habe ich mich selbst gefunden. Außerdem ist es ein spannendes Projekt, eine neue Agentur zu gründen.

Andererseits … werde ich es ertragen, Gabriel und Camille ständig zusammen zu sehen? Wäre es nicht besser, zurück nach Chicago zu gehen und mit meinem kleinen Abstecher nach Paris abzuschließen?

Mitten auf einer Brücke bleibe ich stehen und schaue auf die Seine. Ich atme noch ein paar Mal tief durch, dann greife ich zu meinem Handy.

»Hallo, Sylvie, ich bin's. Ich habe mich entschieden.«